Ebersdorfer Geschichten

von

Dieter Findeisen

Comenius-Zentrum Ebersdorf

2017

Diese Ebersdorfer Geschichten sind wahre,
teilweise auch märchenhafte Erzählungen,
die uns mit der Vergangenheit unserer Heimat verbinden.

Die in diesem Heft zusammengestellten Ebersdorfer Geschichten
von Dr.med. Dieter Findeisen wurden in den Jahren 2008 bis 2017
vom Autor in Veranstaltungen des Comenius-Zentrums Ebersdorf vorgestellt.

Sie wurden von Dr. Frank Bernhard bearbeitet und zum Druck
vorbereitet.

Fotos und Zeichnungen: Dieter Findeisen (sofern nicht anders
angegeben.)

Herstellung und Verlag:
BoD – Books on Demand, Norderstedt
ISBN 978-3-744-81459-1

Inhaltsverzeichnis

„Atollsrock?"
Eine Erzählung um den Heinrichstein

Diese Legende entstand in einer Zeit, in der die Menschen mit ihrer Geschichte auch ihre Geschichten vergessen hatten. Wie zu Dornröschens Zeiten waren sie träge geworden und sogar die Fliegen an der Wand waren kurz vor dem Einschlafen.

Selbst die älteste Frau im Dorfe, die Ulla, die die Geschichte von „Attolsrock" vor 80 Jahren vom Oberlehrer Friedrich in der Schule gelehrt bekam, hatte sie wieder vergessen. Die Ebersdorfer hatten auch den Namen des kühnen Reiters vergessen. Einer glaubte, dass ein „Adols Roc" von den Franzosen verfolgt worden sei; ein anderer meinte, der schwedische Trompeter "Attolsrock" habe den großen Sprung gewagt, und ein weiterer entsann sich an den Namen "Heinrichs Ross".

Also mussten die Ebersdorfer sich für einen der Namen entscheiden und eine neue Geschichte mit viel Wahrheiten erfinden:

Im Jahre 1613 trug es sich zu, dass ein katastrophales Hochwasser durch die plötzliche Schneeschmelze alle Menschen und Tiere in große Not brachte. Die Flut nahm Menschen, Häuser, Vieh und Ackerboden mit sich fort und wurde später die "Thüringer Sintflut" genannt. - Die weisen Frauen sagten böse Zeiten voraus.

So kam der 30-jährige Krieg (1618-1648), in dem die Kaiserlichen unter Wallenstein auf der einen Seite mit Feuer und Schwert den katholischen Glauben wieder einführen wollten und auf der anderen Seite die Schweden unter ihrem König Gustav Adolf den Reformern 'zu Hilfe eilten. - Beide Heere lebten vom Land, brandschatzten die Dörfer und verwüsteten die Felder.

Zunächst lag Ebersdorf noch fernab vom Kriegsgeschehen. So konnten die Nachbarn 1622 die Christophoruskapelle abreißen, die schon seit 1539 marode war und an ihrer Stelle den „Kirchteich" anlegen. Sie hatten bergan am "Remptendorfer Weg" im gleichen Jahr eine Kirche fertig gebaut und am 27. Oktober geweiht. - Nun mussten sie ihre Toten nicht mehr nach Friesau fahren, sondern konnten sie auf dem Kirchhof neben der neu gepflanzten Eiche begraben.

Im Juni 1631 aber musste die Herrschaft Lobenstein 3000 Landsknechte in Quartier und Verpflegung nehmen. So war die Kriegsfurie auch nach Ebersdorf gekommen.

Das schwedische Heer war nach seiner Landung im Juli 1630 auf der Peenemünder Schanze im Frühjahr 1632 bis hinunter nach München gezogen und hatte im Spätsommer des gleichen Jahres den Rückweg angetreten, bei dem sie sich den kaiserlichen Truppen annäherten, die ebenfalls in Richtung Norden auf dem Marsch waren - zur Schlacht bei Lützen!

Lobenstein war in jenen Jahren eine der Residenzen des Landesherren von Reuß-Gera, Heinrich Posthumus (1572-1635), weithin kenntlich an einem hohen Turm, dem "Kartoffelsack".

Im Herbst des Jahres 1632 kam ein schwedischer Oberst mit einer Kavalkade kühner Reiter und reichlich Fußvolk von Süden her. Der Turmwächter hatte schon seit Stunden die Staubwolke gesehen, die das Heer ankündigte.

Die Schweden verschanzten sich auf der Bergfeste Lobenstein in Erwartung der von der Saalburg heranrückenden kaiserlichen Söldner.

Das Krähen der Hähne, das aus der noch im Dunkeln liegenden Stadt herauf schallte, kündigte den Morgen des 8. Oktober 1632 an. Dann fiel die Morgensonne auf die Zinne des Turms und glitt an ihm hinunter.

Der junge Trompeter, einer der besten Reiter der Truppe, hat sich mit dem Rücken an den alten Turm gelehnt und lässt sich nach der kühlen Nacht von der Sonne durchwärmen.

Mit geschlossenen Augen denkt er an seine alte Mutter in der fernen, rauen Heimat, die er vor 2 Jahren hat verlassen müssen. - Das Brot hatte nicht mehr für alle gereicht - Sicher hat sie auch in

6

diesem Jahr die kärgliche Ernte von den steilen Feldstreifen wieder alleine einholen müssen. Ihre Gestalt wird sich weiter gebeugt haben; aber den warmen Blick aus den gütigen Augen und die heilenden Hände wird sie behalten haben.

Aus dieser traumhaften Verklärung reißt ihn der Befehl des Obersten, die Annäherung der Kaiserlichen zu erkunden.

Er springt auf, sattelt sein Pferd und bald klingt der einsame Hufschlag durch die Gassen der verschlafenen Stadt. In ihnen liegt der Rauch der frühen Herdfeuer und es verspricht, ein Herbsttag zu werden, der auch das Herz erwärmt. - Mit einem wortlosen Gruß passiert er die Schildwache am unteren Tor. - Hinter der Furt durch die Lemnitz steigt die alte Heerstraße zum "Galgenberg" an. Im Hohlweg führt sie an den "Gerichtslinden" vorbei. Am Dreiholz hängt des „Seilers Tochter" ruhig in der morgenblauen Luft. Ein Rabe krächzt und verneigt sich dabei mit gesträubtem Halsgefieder vor dem frühen Reiter. - Nachdem dieser den "Grünen Esel" überquert hat, führt ihn die Straße in „Bohlichs Tal" hinunter. - Kurz vor der Friesau angekommen, erblickt er einen flüchtenden Wolf, der den vom „nassen Birkicht" kommenden Hohlweg herunter auf ihn zukommt. - Vor wem flüchtet der Graue? - - Eisen klingt auf Eisen; aber im herrschaftlichen Kalksteinbruch ruht die Arbeit! - Hufgetrappel?! - Das Pferd verharrt in der Furt, wendet die Ohren zum Hohlweg und schnaubt unwillig. - Stimmen? - Beide stehen wie versteinert in der Furt.

Da taucht aus dem in der Morgensonne gleißendem Nebel im Hohlweg plötzlich ein ganzes Fähnlein von kaiserlichen Reisigen auf. - Nach kurzem Halt hebt der Anführer den rechten Arm: Folgen! - Und der Vortrab setzt sich mit lautem Hufschlag und Waffenklang in Richtung auf die Furt in Bewegung.

Der Schwede erkennt die Gefahr, die seinen Kameraden auf der Bergfeste droht; es bleibt nur, eine falsche Fährte zu legen. - Unser Reiter gibt seinem Pferd die Sporen, reißt es gleichzeitig am Zügel nach rechts und reitet im gestreckten Galopp vorbei am Kalkofen, dann den Karrenweg hinauf, über das "Ärgernis" und auf dem

Kamm entlang. - Weißer Schaum fliegt vom Maul des Pferdes davon.

Die johlende Meute einer zehnfachen Übermacht folgt ihm durch den Herbstwald auf dem Fuße.

Der junge Schwede weiß, dass es für ihn um Leben und Tod geht und, dass seine Kameraden ohne sein warnendes Signal in großer Gefahr sind.

Wie im Traum bemerkt er den bunten Herbstwald an sich vorbei stürmen, fühlt den warmen schweißbe-deckten Pferdekörper unter sich, mit dem er jetzt eins geworden ist. Er sieht, wie die höher steigende Sonne in klarer Luft den über der Saale liegenden Nebel so verdichtet hat, wie sie es nur hier in diesem Gebirgs-tal kann.

Der kleine Heinrichstein 2014

Den jungen Reiter beseelt Freude, Hoffnung und Mut, als ihm die Mutter erscheint. Aufmunternd lächeln ihm die gütigen Augen zu. Die Mutter streckt die geöffneten Arme entgegen, bereit, ihrem Sohn in jeder Notlage beizustehen.

Ross und Reiter, zu einem Wesen verbunden, wagen ohne Zögern einen gewaltigen Sprung von der mittleren der drei Basteien über der "Stuhleite" in das Wolkenbett der Saale.

Die Verfolger sehen beide im Nebel versinken. - Ihre Pferde scheu-en vor dem gähnenden Abgrund zurück, sie sind kaum zu parieren und zittern am ganzen Leib.

Aus der Tiefe hört man nur das Rauschen der Saale.

Das treue Pferd muss seinen Reiter über das "Friesental" und entlang des "Goldbaches" zum "Galgenberg" getragen haben. Kam doch von dort das Trompetensignal herüber zum Burgberg, rechtzeitig genug, die Kaiserlichen gebührend mit Spieß und Schwert zu empfangen.

Im Westen versank die Sonne; ihr letzter Strahl lag milde auf der Zinne des Bergfrieds, ehe sich die Nacht über diesen Tag senkte.

Die Gefangenen berichteten, wie der kühne Reiter und sein Pferd vom dichten Nebel aufgefangen worden waren und sie selbst schaudernd am Rande des Abgrundes standen.

Ein letztes Mal hatte die Mutter ihren Sohn in ihren bewahrenden Armen aufgefangen.

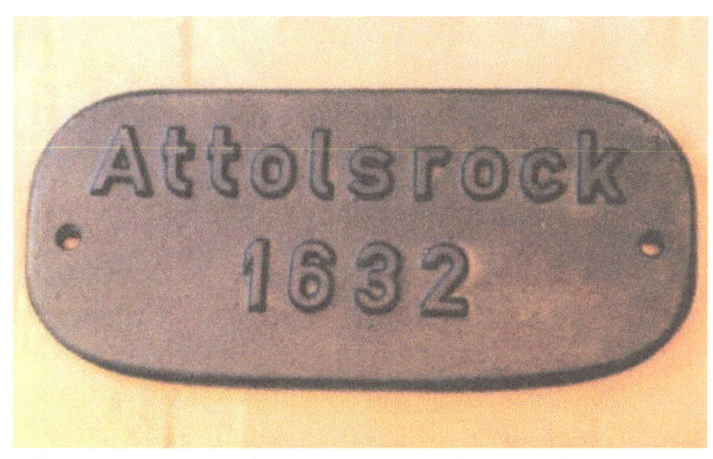

Es wird 200 Jahre her sein, dass der Name des Reiters auf der heute "kleiner Heinrichstein" genannten Bastei in einen schweren Steinquader eingemeißelt wurde. Der Stein verschwand in den 1970er Jahren; wahrscheinlich wurde er in die Tiefe gestoßen. Seit 2009 übernimmt nun ein eisernes Medaillon[1] die Erinnerung an einen kühnen Menschen, der das Unmögliche wagte.

Wie nun der mutige Mann wirklich hieß, wird sich vielleicht erst klären, wenn in Jahrhunderten die Saale ihre Geheimnisse wieder preis gibt und der alte Stein wieder gefunden wird.

---

[1] Das Medaillon wurde gestohlen.

Die Donnerbrücke

Eine wahre Geschichte

Das Schleizer Erbprinzliche Paar Heinrich XXVII. und Elise von Hohenlohe-Langenberg bekamen 1890 ihr erstes Kind.

Hebamme und Arzt warfen sich bei der Geburt einen verstehenden und sorgenvollen Blick zu. Waren sie doch die ersten, die den neuen Erdenbürger zu Gesicht bekamen. Die Hebamme begnügte sich deshalb auch mit dem kurzen Hinweis für die Mutter: „Es ist ein Prinzesschen!"

Der Hofarzt hatte den schwereren Teil der Aufklärung zu übernehmen, in dem er zunächst den Erbprinzen davon informierte, dass sein Töchterchen die Krankheit habe, die in Kreisen der Aristokratie häufiger vorkommt als bei den Nicht-Blaublütigen: Mongolismus, wie man damals zum Down-Syndrom bzw. der Trisomie 21 sagte.

Viel komplizierter und tränenreicher war dann die Unterrichtung der Erbprinzessin verlaufen, die sich nur schwer mit diesem Schicksalsschlag abfinden konnte. So schwer wie dieser auch war, unter einem liebevollen Umgang wuchs die Kleine, die auf den Namen Louise Adelheid getauft worden war, als ein sehr anhängliches und freundliches Kinde heran. Schon von Anfang an wurde es nicht anders als „Sissi" genannt, nicht nur im Schloss, auch im Dorf und sogar in der „großen Stadt" Gera war „Sissi" in aller Munde.

Wenn ihre Eltern oder die Großeltern ihre Sommerresidenz Ebersdorf bezogen hatten, aber auch, wenn sie nur von ihrer Pflegerin hierher begleitet wurde, wollte man ihr in ihrer Abgeschiedenheit gelegentlich eine ganz besondere Freude bereiten.

Das Frühstück ist gerade im Speisezimmer neben dem Gartensaal oder bei ganz gutem Wetter auch auf der Terrasse zwischen den Kübeln mit subtropischen Pflanzen eingenommen, als der Kies auf dem von der Straße herführenden Weg knirscht und bald das vom

Marstall kommende Ponygespann durch das Gartentor einbiegt. Die Pferdchen trappeln heran; sie ziehen eine offene viersitzige Kutsche. Der Kutscher in seiner Livree auf dem Bock knallt mit der Peitsche.

Auf dieses Signal hat Sissi gespannt gewartet und nun stößt sie einen Jubelschrei aus. Auf geht's zu einer Spazierfahrt durch den Schlosspark.

Sissi kann sich über jede Kleinigkeit herzlich freuen, über die Eichhörnchen, die in der „alten Allee" vor der Kutsche die Stämme hinauf fliehen, über die langsam ruckelnde Auffahrt zum „Theehaus" und die Bergabfahrt zur „Eremitage", bei der die Bremsen quietschen. Am „Pfotenteich" kommen die Schwäne angeschwommen, die auf eine Handvoll Futter warten, die Sissi ihnen zuwirft. Dann geht es über die Friesau hinauf zum „Altan". Hier hält der Kutscher an, denn gelegentlich stehen im „Buttelsgrund" einige Rehe bei einem zweiten Frühstück.

Die Donnerbrücke

Dann aber, Sissi kann es kaum erwarten und sie fiebert in kindlicher Freude dem Höhepunkt der Kutschfahrt entgegen.

Die Fahrt geht nun wieder bergab und in Erwartung des schon sichtbaren Anstiegs feuert der Kutscher die Pferdchen noch einmal an. Das Getrappel der kleinen Hufe und das Rollen der Räder verstärken sich auf den Bohlen des Brückchens zu einem Donnergrollen und Sissi ist kaum auf dem Sitz zu halten, als sie ruft: „Die Donnerbrücke". Dieses Brückchen ist eigentlich nur ein Steg, aber seitdem Sissi sich immer wieder so herzlich über das Donnergrollen freuen konnte, hieß diese am Hofe und bald auch in ganz Ebersdorf eben die „Donnerbrücke".

Die erste Lehrerin und Pflegerin für Sissi war Fräulein Wilhelmine Kindler, die unermüdlich versuchte, ihren verschütteten Geist wieder zu beleben. Und tatsächlich hatte Sissi auch für Manches eine besondere Begabung. So konnte sie sich die Geburtstage aller möglichen Besucher über viele Jahre ebenso merken wie Rätsel und harmlose Witze, mit denen sie immer wieder überraschte.

Wilhelmine, wie Sissi ihre Pflegerin nannte, beschäftigte sich in den Abendstunden, wenn ihr großes Kind schon schlief, mit Volapük, einer Kunstsprache und übersetzte mit ihrer Blindenschrift-Schreibmaschine Geschichten in Braille-Schrift.

Als Wilhelmine alt geworden war, zog sie im hinteren Schlossflügel in die Bibliotheks-Etage, konnte dort nach Herzenslust in Büchern schwelgen und wurde von der Hofküche und der Beschließerin gut versorgt.

Ihre Nachfolge trat Fräulein Nini Schnappauf an. Sie sorgte sich um das Wohlergehen von Sissi und um den nun schon alten, aber sehr gesprächigen Graupapagei.

1945 rückte die amerikanische Armee in Ebersdorf ein; Offiziere nahmen Kontakt mit den vielen im Schloss befindlichen Flüchtlingen auf; einige bezogen hier auch Quartier. Dadurch hatten sie und die Schloßbewohner wohl auch mitbekommen, dass die Amerikaner Thüringen demnächst der Sowjetarmee überlassen würden.

Im Dorf und vor dem Holzhof, wo jetzt die amerikanische Roteiche steht, wurden die Pferdewagen für einen Treck[2] beladen.

---

[2] Wagenkolonne mit Flüchtlingen

Der Erbprinz Heinrich XLV., Chef des Hauses Reuß, war sehr um einen möglichst schonenden Transport seiner Schwester Sissi bemüht, hatte er doch seine Mutter vor Augen, die ihm kurz vor ihrem Tode das Versprechen abgenommen hatte, sich immer um die kranke Schwester zu kümmern.

Der schwerfällige Treck in Richtung Westen machte seinen ersten Halt am Forsthaus Rodacherbrunn, nahe der Grenze zwischen Thüringen und Bayern. Da Sissi die Fahrt nur schlecht überstanden hatte, bat der Bruder einen Arzt aus Nordhalben um seinen Rat. Der empfahl ihm in völliger Verkennung der Situation die Rückkehr nach Ebersdorf.

Die Befolgung dieses Rates sollte dann den baldigen Tod Heinrichs XLV. in Buchenwald bedeuten, denn nach dem Einzug der sowjetischen Truppen in Ebersdorf wurde er verhaftet und in das „Speziallager" Buchenwald verschleppt.

Stark verwitterter Grabstein für Sissi

Die drei alten Frauen mussten das Schloss in kürzester Zeit verlassen. Während Wilhelmine Kindler von Hanna Renkewitz aufgenommen wurde, die ihr Weniges mit der gebrechlichen Wilhelmine teilte, und sie bis zum Tode pflegte, fanden Sissi und Fräulein Schnappauf sowie der Papagei ein Zimmerchen in der Postgasse 1.

Sie zogen dann zum Schuhmacher Füg in die mittlere Gasse. Dessen Frau, die bisher im Schloss gearbeitet hatte, half nun bei der Versorgung der inzwischen sehr unbeweglich gewordenen Sissi.

Der Papagei starb und 1951 folgte ihm Sissi. Sie fand auf dem Gemeindefriedhof in einem ausgemauerten Grab ihre letzte Ruhe, da die Beisetzung bei ihren Eltern verboten wurde.

Fräulein Schnappauf verbrachte ihre letzten Lebensjahre im Parterre des Hauses Hauptstraße Nr. 19.

In den Jahren unter sowjetischer Militärverwaltung und denen der DDR ab 1949 wurde dafür gesorgt, dass auch die Erinnerung an die „Donnerbrücke" scheinbar verloren ging.

Nini Schnappauf mit Martin Gleichmann vor dem Haus in der Hauptstraße 19 (ca. 1985).

Eine Freundschaft über den Tod hinaus

Die Geschichte zweier Menschen, wie sie unterschiedlicher nicht hätten sein können.

Es mag im Jahr 1952 gewesen sein, als ein hagerer, abgerissener Mann von 50 oder 60 Jahren, leicht gebückt und mit zögernden Schritten zwischen Ebersdorfer Häusern suchend hin und her geht. Er fällt den Ebersdorfern nicht weiter auf, ist er doch in diesen Jahren nicht er einzige Suchende.

Damit erschöpft sich auch schon fast das sichere Wissen über den Einen. Über den Anderen dagegen könnte man Bücher schreiben!

Als Erik 1895 in Gera zur Welt kam, hatte er eine glänzende Zukunft vor sich. Er hatte das Glück, in Geras begütertste Familie hinein geboren zu werden und sein Vater hatte, seinen Lebenswunsch vorausahnend, ein herrliches Jugendstil-Theater bauen lassen sowie für seine ausgezeichnete Bildung gesorgt.

Und wenn die Welt nicht schon vor einem Jahrhundert auseinander gebrochen wäre, hätte man ihm eine Fürstenkrone aufs Haupt gesetzt.

So wie die kurze Geschichte des Einen für uns mit seiner Entlassung aus dem „Speziallager" Buchenwald beginnt, endet die lange Geschichte des Erbprinzen Heinrich XLV., eben des Anderen, für uns mit seiner Verschleppung in eben dieses Lager im August 1945.

Er hatte sich wegen der Erkrankung seiner Schwester auf Anraten eines Arztes aus Nordhalben in Rodacherbrunn vom Treck nach dem Süden in die amerikanische Besatzungszone getrennt und war mit ihr nach Ebersdorf zurück gefahren.

Er war sich keiner Schuld bewusst; die sowjetische Militärverwaltung verschleppte ihn, jahrelang blieb unklar wohin. Dem sowjetischen Militärkommandanten mag die Erschießung der Zarenfamilie in Jekaterinburg ein revolutionäres Vorbild gewesen sein.

Das Schicksal kann es gefügt haben, dass im Lager dem Einen und dem Anderen ihre Strohsäcke, ihr einziger persönlicher Bereich, nebeneinander auf einer mehretagigen Holzpritsche zugeteilt wurden.

Gedenktafel im Schlosspark Ebersdorf[3]

Zwei Menschen, wie sie unterschiedlicher nicht hätten sein können, fanden in der grausamen Wirklichkeit eines Straflagers zu einander. Aus gegenseitiger Hilfeleistung wurden eine innere Annäherung und Vertrauen. Der Eine wird seine Lebensgeschichte dem Anderen eröffnet haben.

Vielleicht kam jener zu Fuß aus den gebrandschatzten Weiten Russlands in seine Dresdener Heimat und fand an der Ruine des Elternhauses ein Schild, wie es damals häufig zu sehen war: „Wir leben noch und sind zu Tante Paula gezogen." Da hat der ausgemergelte Mann vielleicht seine Beherrschung verloren und sich einen Fluch auf Amerikaner, Engländer und Sowjets nicht verknei-

---

[3] Am 100. Geburtstag des Erbprinzen neben dem Grabstein seiner Familie enthüllt.

fen können. Vielleicht war es auch einer der vielen unterschiedlichen Gründe, derentwegen viele in falschen Verdacht gekommen waren. Den wahren Grund wird der Eine dem Anderen offenbart haben; uns bleibt er verborgen.

Und der Andere hatte sich soweit seinem Leidensgenossen geöffnet, dass er von seiner Mutter Elise und seiner behinderten Schwester Sissi erzählt hatte, die er hilflos in Ebersdorf hatte zurücklassen müssen, obwohl ihm die Mutter noch auf dem Sterbebett das Versprechen abgenommen hatte, immer gut für sie zu sorgen. Er machte sich Vorwürfe, etwas versäumt, etwas falsch gemacht zu haben.

In seiner eigenen Hilflosigkeit war es ihm ein Trost, dem Kameraden mit den vielleicht besseren Überlebenschancen diese Sorgen mitgeteilt zu haben – einschließlich der Bitte, Sissi oder ihr Grab in Ebersdorf zu besuchen. So war er ruhiger in seinen Himmel eingegangen[4].

Der Eine erfüllt die Bitte des Anderen und wandert auf wunden Füßen nach Ebersdorf und fragt sich durch. Ebersdorf hat inzwischen viele Vertriebene aufgenommen; manche Befragte können ihm keine Antwort geben, sie sind hier selbst noch fremd.

Er klopft in der Postgasse 1 an, dann beim Schuster Füg in der Mittleren Gasse und schließlich in der Hauptstraße 19

Hier wohnt im Parterre Nini Schnappauf, Sissis ehemalige Pflegerin. Er erfährt von Sissis Tod und lässt sich ihr Grab beschreiben[5].

Am Abend liegt ein kleiner Feldblumenstrauß, gepflückt am Rande eines mühevollen Wanderweges, auf Sissis Grab – ein letzter Gruß des geliebten Bruders.

---

[4] Den Tod von Heinrich XLV. in Buchenwald konnte Frau Lies Heinrich bestätigen, ehemals wohnhaft in Jena, Sophienstraße 53 pt.
[5] Siehe Seite 14.

Die Apothekerfichten

Eine Ebersdorfer Geschichte

Bis etwa zum Jahre 1970 standen dem Witwenhaus gegenüber einige große Fichten am Rande des Zinzendorfplatzes, die die Linden und dichten Jasminbüsche, die den Platz umgrenzten, weit überragten. Wie alt diese Fichten waren, weiß ich nicht genau, schätze ihr Alter aber auf etwa 100 Jahre. Eines Tages waren sie abgesägt und damit ist auch beinahe eine Ebersdorfer Geschichte mit verloren gegangen.

Während heute eine Apotheke kaum anders als ein Supermarkt aussieht und der Apotheker fabrikmäßig hergestellte Medikamente verkauft, musste er früher viele Arzneien nach Anweisung des Arztes selbst herstellen. Diese Anweisung, das Rezept, was so viel wie Verpflichtung heißt, ist auch heute noch der Auftrag an den Apotheker, ein bestimmtes Medikament abzugeben.

Die Rezepte waren früher in Latein abgefasst, der damaligen Sprache der Wissenschaft, zusätzlich aber auch noch durch Fachausdrücke kompliziert und somit für den Laien praktisch unlesbar.

Eines Tages brachte ein Patient ein Rezept, das ihm Dr. Schulz verschrieben hatte, der an der anderen Ecke des Zinzendorfplatzes wohnte. Der Apotheker schob seine Brille auf die Stirn, nahm das Rezept entgegen, las es und ließ die Brille wieder auf die Nase hinunter fallen. Dann ging er zu einer der Flaschen auf dem obersten Regalboden mit dem Etikett „Extractum Filicis"[6].

Schon beim Anheben der Flasche merkte er, das der darin enthaltene Rest für das Rezept wohl nicht mehr reichen würde. Also sagte er dem Johann, der mit der Mütze in der Hand auf seine Arznei wartete, dass die Herstellung noch zwei Tage dauern würde. Er, der Patient, habe seinen Bandwurm sicher schon länger, da würden zwei Tage wohl nicht ins Gewicht fallen. Johann wars zufrieden.

---

[6] Auszug aus Wurmfarn

Der Apotheker rief nun seinen Lehrling. Dieser musste das Verreiben einer Salbe unterbrechen und sich für einen Gang zum Heinrichstein fertig machen. Er bekam den Auftrag, einen Korb voll Rhizomae Filicis, das sind die Wurzelstöcke des Wurmfarns, zu sammeln und bald wieder zurück zu sein.

Dieses uralte Wurmmittel war in Deutschland einmal in Vergessenheit geraten. Friedrich der Große hatte dann aber das Rezept aus der Schweiz gekauft, so dass die unwirksamen Mittel wie der Galitzenstein und das Kupferwasser aus der Mode gekommen waren.

Nun mag der Lehrling vielleicht nicht ganz helle gewesen sein, vielleicht kam er auch aus der Stadt oder hatte nur das Wort „Filicis" im Ohr und geglaubt, es handele sich im Fichten.

Jedenfalls hatte er, als er abends nach Hause kam, zur Überraschung des Apothekers keinen Wurmfarn im Korb, sondern Fichtensämlinge.

Da der Apotheker mit diesen nichts anfangen konnte, sie aber auch nicht wegwerfen wollte, pflanzte er sie kurzerhand auf den Zinzendorfplatz, dessen oberer Teil zu damaliger Zeit dem Apotheker zur Anzucht von Arzneipflanzen zur Verfügung gestellt war.

Ob der Lehrling bleiben durfte, wer dann die Wurmfarnwurzeln holte, ob der Johann die daraus gewonnene widerlich schmeckende Flüssigkeit überhaupt einnahm und ob sein Bandwurm schließlich ans Tageslicht kam, all das ist nicht überliefert.

Das Loch in der Ruine des „Löwen"

Ein Gaunerstück

Im Jahr 1720 hatte Heinrich XXIX. nach Erreichung der Volljährigkeit die Regierung der kleinen Grafschaft Reuß-Ebersdorf übernommen. Die Heirat seiner Schwester Erdmuth Dorothea mit dem Grafen Zinzendorf 1722 brachte Glanz und Freude in die kleine Herrschaft.

Das gute in der alten „Oekonomie" gebraute Bier führte dazu, dass selbst Lobensteiner Bürger täglich hier anzutreffen waren, um das „Ebersdorfer" nicht nur zu trinken, sondern auch in die Stadt mitzunehmen. Das wiederum wurde wegen der ihm dabei verlustig gegangenen Steuern vom Magistrat der Stadt Lobenstein nicht gern gesehen und führte auch zu offenem Streit.

Ebersdorf um 1800[7]

So entschloss sich die Ebersdorfer Herrschaft, hier ein Gasthaus zu errichten. Obwohl eine Blatternepidemie das Land heimsuchte, an der viele Kinder starben, so auch das dreijährige Töchterchen

---

[7] Das Haus rechts der Schranke ist der „Löwe"

Benigna Sophia Leonore des Haushofmeisters von Bonin – wie noch heute auf ihrem Epitaph in der Dorfkirche zu lesen – wurde der Bau des Gasthauses 1727 fertig gestellt.

Der Graf wird mit Bedacht als ersten Gastwirt den ehemaligen Korporal Heinrich Metzner hat auswählen lassen in der Hoffnung, dass dieser als militärische Respektsperson auch unter den Gästen würde Ordnung halten können.

Metzner übernahm am 19. Juni 1727 nicht nur den Ausschank sondern gleichzeitig die Aufgabe des Steuereinnehmers für die Wegenutzung, weshalb vor dem Haus ein Schlagbaum die Karren und Reiter so lange aufhielt, bis der Wirt kassiert und den Schlagbaum geöffnet hatte.

Damit begann die Geschichte des ersten Ebersdorfer Gasthauses, das „Zum Löwen", kurzzeitig auch mal „Antworpscher Gasthof" genannte wurde und zum Zentrum des Dorflebens aufstieg. Hier wurde das festliche Mahl anlässlich der Einweihung des Krankenhauses zelebriert, es wurden Tanzstunden und Bälle mit dem Ehepaar Winklhöfer gefeiert, Filme gezeigt und schließlich nach dem Ende des zweiten Weltkriegs auch ein Schauprozess inszeniert.

Schließlich verschwand der „Löwe" nach jahrelangem Siechtum 2011 von der Bildfläche. Vorher wurde die Glasveranda, die während der sowjetischen Besatzung zusammen mit dem Hof als Großküche genutzt wurde, verkauft und am 15. September 2006 abgebaut.

In seinem letzten Jahr war der „Löwe" schon zusehends zerfallen. Seine Fensterscheiben wurden blind wie tote Augen, der Dachstuhl senkte sich und die erste Etage brach ins Parterre, wo noch die Gläser von der letzten Bewirtung standen. Der kleine verwinkelte Hof lag voller Abfall, die Dachrinnen waren herunter gebrochen. An der nach Norden begrenzenden Mauer war ein Schleppdach angebracht, unter dem sich ebenfalls eine Menge anscheinend unnützer Dinge zu einem so großen Berg angesammelt hatten, dass er das Dach berührte. Es dauerte deswegen einige Tage, bis der Abrissbagger bis hierher vorgedrungen und der Abfallberg abgefahren war.

Und da zeigte sich ganz unerwartet und auch nur für einen Tag eine bisher von Abfällen und dem Schleppdach verdeckt gewesener Mauerrest mit einer Fenstercharte. Diese wurde aber durch die auch heute noch bestehende Natursteinmauer von außen völlig verschlossen.

Um der Bedeutung dieser Scharte etwas näher zu kommen, muss man wissen, dass sich schon zur Zeit des Gasthausbaues abgezeichnet hatte, dass die Herrnhuter Brüder und Schwestern in Ebersdorf eine „Colonie" gründen würden und dass der Graf eingewilligt hatte, die alte Dorfstruktur den Berg hinauf deren Plänen zu opfern.

Den alteingesessenen Ebersdorfern war es daher ein Dorn im Auge, ihren Besitz an dahergekommene Menschen mit einer ganz anderen Lebensart zu verlieren.

Es mag auch nicht ganz zufällig gewesen sein, das mit der hoheitlichen Aufgabe einer Zolleinnahme betraute Gasthaus hier an dieser Stelle anzusiedeln, also an der Grenze zwischen den beiden so unterschiedlichen Gemeindeteilen, die erst am 1. April 1920 zu einer politischen Gemeinde zusammen geführt werden sollten. Diese Grenze umgab das „Löwen"-Grundstück sowohl westlich als auch nördlich.

Der „Löwe" hat in seiner rund 300-jährigen Geschichte viele Menschen, Schicksale und die verschiedensten An- und Umbauten erlebt, von denen die des Tanzsaales und der Glasveranda wohl die größten gewesen sind.

1911 brannte das dem „Löwen" gegenüber gelegene Haus nieder. Die betroffene Familie Hugo Dienemann erhielt in dem hinter dem Hof des „Löwen" gelegenen Haus (heute Parkstraße 4) ein neues Quartier, aus dem sie dann nach einem abermaligen Brand im „Comtessenhaus" eine endgültige Bleibe fand.

Nun war es an der Zeit, dieses Haus hinter dem „Löwen", das von Anfang an eine Fleischerei beherbergte, wieder modern aufzubauen. Dazu war die Errichtung eines Kühlhauses unerlässlich.

Damit wird spätestens jetzt die alte rätselhafte Ruine von der Brüdergemeine-Seite her verdeckt worden sein und das Fenster verlor seine bisherige Aufgabe. Ein Erdgeschoßfenster zu einer Dorfgemeinde hin, in der nur ein fremder Nachtwächter patrouillierte? Was bot das für Möglichkeiten zu dunklen Geschichten?

Eine solche Gaunerei wird sich in den frühen 1780-er Jahren abgespielt haben, bei der der Betrüger im letzten Moment durch dieses Loch entweichen und damit der Justiz hätte entgehen können. War doch der Nachtwächter der Brüdergemeine ein alter Mann und hatte zudem auch den Auftrag, sein Hauptaugenmerk auf die Sicherheit des Schwesternhauses zu richten.

Es war schon Abend, als ein einsamer Wanderer im „Löwen" eintrifft und um ein Nachtlager bittet. Da er ganz gut gekleidet ist und ein rechtschaffener Mann zu sein scheint, wird er mit aller Höflichkeit aufgenommen. Bei einer Pfeife Tabak und einem Krug

Hier redet der Fremde über verschiedene Begebenheiten und unterhält den Wirt auf die angenehmste Art.

Sobald der Wanderer glaubt, das Zutrauen des Wirtes gewonnen zu haben, lenkt er das Gespräch auf Geistererscheinungen und auf die Kunst, unterirdisch verborgene Schätze finden und heben zu können.

Zuletzt erzählt er von einem Traum, den er gehabt habe, als er sich kurz vor dem Dorf noch einmal auf einem Feldrain für ein kurzes Schläfchen ausgestreckt habe. „Ich hatte", so erzählt er, „an dem heute so schwülen Sommertag einen Marsch von acht Stunden hinter mir, als ich ganz abgemattet an einem Feldzipfel Rast machte, der zwischen der alten und der gerade im Bau befindlichen 'Kunststraße' liegt."

Zur Erklärung für die heutigen Ebersdorfer sei hier eingefügt, dass vor dem Jahre 1783 nur zwei Wege die Residenzen Lobenstein und Ebersdorf mit einander verbanden. Einer führte von Lobenstein durch einen Hohlweg an der Richtstätte „Drei Linden" vorbei, über den „Grünen Esel", die seit etwa 1550 bestehende Handels- und Heerstraße Nürnberg – Leipzig entlang und ab dem Pohlighaus dem „herrschaftlichen Weg in den Pohlig"[8] folgend nach Ebersdorf hinein.

Der zweite führte von Lobenstein zunächst nach Schönbrunn und von da über „Alten-Ebersdorf" in der „Huhle" hinunter in die Residenz Ebersdorf. Im Jahre 1783 war die auf Betreiben der Lobensteiner Grafen als Lindenallee neu gebaute sogenannte „Kunststraße" über Schönbrunn, gekrönt mit dem Lustschlösschen „Bellevue", fertig gestellt worden.

Das von seinem späten Gast dem Wirt ganz genau beschriebene Feldstück entspricht heute dem, das unterhalb des Wasserwerkes zwischen der Straße nach Lobenstein und dem alten Weg nach Schönbrunn gelegen ist.

---

[8] Jetzt Pohligweg

Nun wieder zurück zu unserer Gaunergeschichte, zu dem Gast im „Löwen" und seiner Erzählung.

Eigentlich habe er heute noch mindestens bis Zoppoten marschieren wollen, weshalb er sich auf dem Feldstück davor noch eine letzte Erholung gönnen wollte. Aber ein besonderes Ereignis habe ihn dazu bewogen, schon hier in Ebersdorf um ein Nachtlager zu bitten.

Das besondere Ereignis sei ein Traum gewesen, in dem ihm ein großer Schatz erschienen sei, der dem Besitzer dieses Feldstücks zugedacht sei. Auch habe er eine Stimme vernommen, die ihn aufgefordert habe, dem Besitzer zu seinem Schatze zu verhelfen. Deshalb habe er seine Wünschelrute aus der Tasche geholt und schon nach kurzem Suchen habe diese in seinen Händen so heftig ausgeschlagen, dass er sie kaum habe halten können.

Bei diesen Reden wird der Wirt immer aufmerksamer und gespannter. Der Gast aber fährt fort: „Morgen früh muss ich weiter und da ich hier unbekannt bin und nicht weiß, wer der Besitzer dieses Feldstücks ist, werde ich ihm auch nicht helfen können, den Schatz zu finden und zu heben, denn nur ihm gehört er".

Nun lässt sich der Wirt noch einmal ganz genau das Feldstück beschreiben, in dem der große Schatz liegen soll: genau in dem Zwickel zwischen der neuen und der alten Straße. Nun erkennt er das beschriebene Feld mit Sicherheit als das Seine und bedrängt den Gast, ihm gleich morgen früh die genaue Stelle des Schatzes zu zeigen. Dieser bezeigt seine übergroße Freude, nun doch den Glückspilz getroffen zu haben, dem der große Schatz gehört.

Nach einer Nacht, die der Wirt ruhelos mit Spekulationen über den Wert und die Verwendung des Schatzes, der Gast aber in glücklicher Zufriedenheit auf seinem Lager zugebracht hatten, stehen beide mit dem ersten Hahnenschrei auf dem besagten Feldstückchen.

Schon nach einigen Schritten der Beiden schlägt die Rute in den Händen des Gastes erstaunlich stark aus. Dieser erklärt es als sicheres Zeichen, dass der Schatz nahe der Oberfläche liegen würde, eben nur gerade so tief, dass eine Pflugschar ihn bislang nicht habe erreichen können.

Der freudetrunkene Wirt bittet nun den Gast, ihm bei der Hebung des Schatzes behilflich zu sein und verspricht ihm für die verschobene Abreise 300 Taler, die aber erst nach Sicherstellung des Schatzes ausgezahlt werden sollen.

Der Wirt hat nun keinen Zweifel mehr, es mit einem ehrlichen Mann zu tun zu haben und schickt nach einem Freund, ihm etwas Geld zu leihen, da er keine 300 Taler vorrätig hat.

Als der Freund am kommenden Tag erscheint, zeigt dieser sich willig, die noch erforderlichen 150 Taler zuzuschießen, wenn er mit der Hälfte des zu hebenden Schatzes belohnt würde. Jetzt ist der Wirt genötigt, diese Bedingung zu akzeptieren, ohne die eine Hebung des Schatzes nicht gelingen würde.

An diesem Tag hat der Gast die Muße, sich im „Löwen" etwas umzusehen, wobei er das einsame Fenster in der Rückwand bemerkt, das weit von der meist lärmerfüllten Gaststube vorn an der Straße entfernt ist.

Ein kaum merkliches Lächeln geht über sein Gesicht, stellt er doch mit Befriedigung fest, dass der Zinken[9] an der vorderen Hausecke ein sicheres Zeichen für einen unerwartet notwendigen Fluchtweg war.

Nach dem Mitternachtsschlagen der Glocke vom „Gemeinhaus" der Brüdergemeine stehen die drei Männer auf dem Zwickelfeld. Nach umständlichen Gebeten und einer Geisterbeschwörung sowie einer genauen Ortung des Schatzes mit Hilfe der stark ausschlagenden Wünschelrute fangen die beiden Ebersdorfer sofort

---

[9] Zur Erklärung für die ehrlichen Ebersdorfer: Gaunerzinken sind Geheimzeichen, die von vagabundierenden Gaunern angebracht werden. Sie sollen nachfolgenden Gaunern Informationen weitergeben, wie etwas „Dieses Haus hat eine gut gefüllte Speisekammer" oder „Hier wacht ein Hund" oder auch „Der Hauswirt ist ein leichtgläubiger Trottel".

mit dem Graben an und bekommen bereits in der Tiefe von einer Elle Kontakt mit Metall; die Schaufeln klirren auf einer eisenbeschlagenen Kiste.

Mühsam wird eine große und sehr schwere Kiste freigelegt. Wegen ihres erheblichen Gewichtes kann sie erst abtransportiert werden, nachdem der Wirt einen Blockschlitten, eine „Schleppe", von zu Hause geholt hat.

Die Kiste wird in einer Kammer abgestellt und die beiden Ebersdorfer müssen nun dreimal am Tage vor ihr kniend ein Gebet verrichten, das der Gast ihnen vorgesprochen hat. Dies müsse über drei Tage fortgesetzt werden, ansonsten hätten unterirdische Geister die Macht, den Schatz zu verwandeln.

Nun werden dem Rutengänger die versprochenen 300 Taler übergeben und unter freundlichen Wünschen verabschiedet er sich. Am Rentmeisterhaus schlägt er sicherheitshalber den Weg nach Remptendorf ein und freut sich, ohne Benutzung des „Notausganges" zu einem guten Zehrgeld gekommen zu sein.

Als die drei Tage verflossen waren, fanden die beiden Toren in der Kiste eine Menge Steine, die beim Straßenbau übrig geblieben waren. Über dieser Erkenntnis kamen sie in Streit wegen der geliehenen 150 Taler, der schließlich von einem Gericht geschlichtet werden musste mit dem Spruch, dass dem Geldleiher die Hälfte der Steine auszuhändigen sei.

Der kleine Gauner war in Richtung Remptendorf weiter gewandert. Man muss aber erkennen, dass der weit größere in Ebersdorf geblieben ist, denn nur einem Einheimischen können die Besitzverhältnisse in einem Dorf so bekannt sein, wie in unserer Geschichte.

Ihr Leichtgläubigen, passt auf, dass Euch nicht Ähnliches passiert. Bis heute treibt uns alle die Frage um: „Wer von unseren Nachbarn war der große Gauner?"

Übrigens: Auf dem genannten Feldstück, dem „Zwickel" unterhalb vom Wasserwerk, das jetzt eine Wiese ist, ereignete sich ein Erdfall, dessen Ursache ein auf 45 m Länge nachzuweisender Bergwerkstollen war, wie eine aufmerksame Zuhörerin im „Oberland-Echo" von 1963 nachweisen konnte.

Ein letzter Besuch

Erinnerung an eine große Liebe

„Liebe Eltern, gute Nacht!
Ich soll wieder von Euch scheiden,
kaum war ich zur Welt gebracht.
Hab genossen keine Freuden,
ich, das kleinste eurer Glieder,
geh schon fort, doch nicht allein.
Eltern, Schwestern und die Brüder
werden auch bald bei mir sein."

Auf einem Grabstein im Odenwald,
aus „Des Knaben Wunderhorn"

Um die Wende vom 18. zum 19. Jahrhundert hatte Fürst Heinrich LI. Ebersdorf zu einer – wenn auch dörflichen, so doch stattlichen – Residenz der Reußen gemacht. So war auch die Bevölkerungszahl angewachsen und mit ihr letztendlich auch die Zahl der Sterbefälle.

Es mag ein Grund für die Anlage eines neuen Friedhofs gewesen sein, dass der seit 1622 belegte Friedhof nicht mehr ausreichte. Vielleicht sollte aber auch die herrschaftliche Gruft mit dem großen gepflegten Beet besser zur Geltung kommen.

Jedenfalls wurde im Jahre 1800 auf der Höhe ein neuer Friedhof angelegt, von einem niedrigen Wall umgeben, sowie rechts und links des Einganges eine Lärche gepflanzt.

Die beiden sind nun in mehr als 200 Jahren zu gewaltigen Baumriesen aufgewachsen.

Schon damals hatten die Alten gesagt: „Das mit dem Friedhof an dieser Stelle wird nicht lange gut gehen." Wussten sie doch, dass das Grundwasser hier ganz flach liegt und von dieser Höhe hinunter über den Zoppotener Weg hinweg zur Lehmgrube und weiter bis zum Goldbach fließt.

Bald merkte man, dass der neue Friedhof so nass war, dass die Leichen nicht zerfallen konnten. Noch viele Jahre nach ihrem Begräbnis soll man in zusammengesunkenen Gräbern Uniformreste

mit blanken Knöpfen von hier begrabenen Hofbediensteten gesehen haben.

So kam es, dass dieser Friedhof aufgegeben und vergessen wurde, noch ehe ein halbes Jahrhundert vergangen war.

In seiner unmittelbaren Nähe zogen die Schützen ein, später entstand auch ein Fußballplatz. Als im Jahr 1952 die MAS vom „Holzhof" zum „Schützenhausplatz" umzog, wurden die Flächen von Schützenhaus und Fußballplatz anderweitig bebaut und ein neues Fußballfeld angelegt.

Dieses grenzt unmittelbar an den alten um 1848/49 geschlossenen Friedhof und niemand muss sich wundern, das der westliche Torwart immer in einem sumpfigen Strafraum stand. Es dauerte bis 2007, ehe die Idee eine Drainage verwirklicht wurde.

Bei den Arbeiten dazu störte ein großer Stein, der nur zu einem kleinen Teil aus dem Boden herausragte. Ringsherum lagen immer Flaschen, defekte Sportgeräte, Zigarettenschachteln und andere Abfälle jeglicher Art, so dass der feine Bogen eines Ovals auf dem Stein nur einem aufmerksamen Beobachter auffiel.

Schließlich musste schwere Technik anrücken, um den Felsbrocken aus seinem Erdbett heraus zu hebeln. Einige Meter entfernt liegt er seitdem, achtlos hingeworfen. Niemand schenkt ihm Aufmerksamkeit. Wie lang wird es dauern, bis der Wohlstandmüll ihn wieder bedeckt hat?

Der Stein zeigt ein großes, quer liegendes Oval, in dem in feiner Steinmetzarbeit folgendes zu lesen ist:

Hier rufen Eltern und Großeltern ein ewiges Vergißmeinnicht.
Carl August Ferdinand Lenz
geb. 27. Juli 1823
gest. 10. Juni 1825

Der Dorfpfarrer beugt sich über das aufgeschlagene Kirchenbuch, richtet sich dann wieder auf und schüttelt den grauen Kopf: „Nein, hier steht nichts über den Ferdinand Lenz."

Aber eine Legende weiß folgendes zu berichten:

Im Jahre 1855 beginnt im Auftrag der Königlich-Preußischen Landaufnahme die Kartografierung der Reußischen Lande durch das Militär. Lieutenant Lange vom 11. Infanterieregiment nimmt das Gebiet um Ebersdorf und Zoppoten auf.

Obwohl seit der Abdankung Heinrichs LXXII. im Jahre 1848 das Ebersdorfer Schloss den Schleizer Reußen nur noch als Sommerresidenz dient, wird der Leutnant mit seinen Helfern vom Kastellan freundlich aufgenommen. Später weiß er seinem besten Freund, dem Grafen von Hoym, einem Verwandten des Ebersdorfer Fürstenhauses[10], Ebersdorf in den schönsten Farben zu schildern.

Dem Leutnant Lange fällt wohl auf, dass der Graf auf seine Rede abweisend reagiert, achtet aber nicht weiter darauf, als dieser wie beiläufig sagt: „Ja, Ebersdorf kenne ich schon; meine Erinnerungen sind aber sehr zwiespältig."

Im folgenden Jahr 1856 ist Graf von Hoym, Leutnant im 3. Dragonerregiment, zur Landaufnahme nördlich von Ebersdorf befohlen. Sein Arbeitsfeld ist der Landstrich zwischen Thimmendorf, Burglemnitz, Ruppersdorf und Remptendorf. Zu Remptendorf nimmt er mit seinem Burschen Quartier.

Am 10. Juni sieht man einen Reiter aus Richtung Remptendorf kommend sein Pferd auf den Rainen zwischen jungen Kartoffel- und Roggenfeldern zum alten Friedhof lenken. Sein schon grau werdendes Haar weist ihn als einen Soldaten aus, der schon gut ein halbes Jahrhundert auf dem Buckel haben kann. Das Pferd schwitzt in der Nachmittagssonne; Reiter und Pferd sind staubbedeckt.

Der Graf springt ab, hängt den Zügel an einen Ast. Er nimmt die Feldmütze ab und geht ruhigen Schrittes den Mittelgang entlang bis zu seinem Ende. Man sieht einen ernsten Menschen, mit dem es das Leben nicht immer gut gemeint hat. Frau und Kinder sind ihm versagt geblieben. Dann steht er vor einem großen Naturstein, der ein Kindergrab deckt.

---

[10] Heinrich LI, der Vater von Heinrich LXXII. hatte eine Gräfin Hoym geheiratet.

Vor seinem inneren Auge wird das Bild eines ganz jungen Mädchens wieder lebendig, seine tiefe Liebe, die beste Erinnerung seines Lebens. Ein paar Tränen laufen über die wettergegerbten Wangen. Er wischt sie mit dem Handrücken weg.

Pferd und Reiter kommen den Windmühlenberg herunter. Am Bach vor dem Spritzenhaus spielen Kinder. Aus der Schmiede kommt der Wechselschlag von Meister und Gesellen, mit dem sie das Eisen zu einer Pflugschar formen.

Am „Schlossbrünnle" lässt der Leutnant das Pferd seinen Durst stillen. Er wirft einen Blick in das Innere des Schloßhofes. „Hasenfratz", hier sind wir uns begegnet.

Auf Einladung des Großonkels Heinrich LI. hatte der jungen Graf im Jahre 1822 einige Monate in Ebersdorf zugebracht und neben den standesgemäßen Verpflichtungen hauptsächlich hoch zu Roß das Land erkundet.

Eines Tages kam er, ein schneidiger Kadett, auf dem Wege zum alten Marstall hinter dem Torweg die Schlosstreppe herunter geeilt, als sich sein Blick mit dem eines lieblichen Blondschopfes traf, der auf dem Wege vom Brunnen zur Küche war. Beide verharrten einen Augenblick; es überrieselte sie eine wohlige Erwartung.

Am 10. Juli schließt der gütige alte Herr Heinrich die Augen für immer. Die Regentschaft übernimmt sein Sohn Heinrich LXII., der „Prinzipienreiter". Seine Moralvorstellungen wurden zu Prinzipien in einer oft ans Skurrile grenzenden Regentschaft.

Im Spätherbst hatte das Getuschel der Hofschranzen über ein nicht standesgemäßes Benehmen des Gastes schließlich auch die Ohren des neuen Landesherren erreicht.

Die Liaison eines gräflichen Kadetten mit einer Küchenmagd – und das unter dem eigenen Dach einer fürstlichen Residenz – überstieg alle Vorstellungen einer christlichen und standesgemäßen Lebensführung.

Der Fürst verfügte eine sofortige Ausweisung des Kadetten und die Verheiratung der jungen „Dirne" mit einem Mann aus seinem Gesinde.

Diese Entscheidung traf beide tief ins Herz. Mit Schimpf und Schande wurde er aus dem Fürstentum gejagt, sie verlor ihre Arbeit im Schloss.

Das Pferd schnaubt ungeduldig und reißt den Leutnant aus seinen Gedanken. Vom Reitplatz hört man die Kommandos der exerzierenden Kompanie. An der Schlossgrabenwiese salutiert ein Gemeiner, der Leutnant grüßt zurück.

Er reitet bergan durch die Colonie der Brüder. Zwischen den großen Gebäuden sind noch einige Dorfhäuser erhalten. Eines davon, einstöckig, dicht an der Straße gelegen und mit Spalierbirnen an beiden Seiten der Haustür, gehörte einst dem Ferdinand Lenz.

Plantagengärtner Ferdinand Lenz, ein im Dorf angesehener Mann, hatte beim Fürsten um Heiratserlaubnis gebeten, schon kurz nach der Ausweisung des Kadetten. Er hatte das Mädchen gern und wollte es vor dem Dorftratsch schützen.

Der kleine Ferdinand wurde geboren und hatte die besten Voraussetzungen, behütet aufzuwachsen. Ihm war aber ein anderes Schicksal beschieden. 1826 schlich sich der Croup[II] unsichtbar von Haus zu Haus, die „erwürgende Krankheit, bei der die Zung im Schlund, gleich als mit Schimmel überzogen, weiß worden".

Der alte Dr. Kunstmann, ein Freund der Kinder, hatte schon bei der ersten Krankenvisite den Eltern gegenüber ein bedenkliches Gesicht gemacht, dem kleinen Ferdinand aber noch ein Lächeln des Vertrauens entlocken können. Das Pinseln des Rachens mit Honig hatte dem kleinen Kerl vielleicht eine Erleichterung gebracht, konnte ihn aber nicht heilen. Der kleine Ferdinand starb am 10. Juni.

[II] Diphtherie

36

An diesem Tag war der Plantagengärtner Lenz, wie schon seit einigen Wochen, zusammen mit Haberkorn und einigen Frönern dabei, die neue Brücke am Park zu bauen. Plötzlich kam der Nachbar Nürnberger in atemlosen Lauf und rief: „Ferdinand, dein Kleiner …". Er brauchte den Satz nicht zu vollenden. Lenz wusste, was in seinem Hause passiert war. Er konnte sein Söhnlein nur noch einmal in den Arm nehmen.

Der Pfarrer schüttelte den Kopf, als Lenz und seine junge Frau ihn um die Abkündigung der Todesnachricht baten. „Ferdinand, Du bist nicht der Vater. Jeder im Dorf weiß doch, dass Dir ein Wechselbalg unterschoben worden ist."

DAS GOTHISCHE HÄUSCHEN
im Fürstl. Park zu Ebersdorf.

Die junge Frau bedeckte ihr Gesicht mit der Schürze und begann zu schluchzen. Ferdinand nahm sie in den Arm und beide gingen wortlos. Große Trauer kam über sie und die Großeltern, hatten sie doch den kleinen Ferdinand von Herzen lieb gehabt.

Ganz in Gedanken versunken überquert der Reiter den „Nürnberger Acker" und taucht im beginnenden Dunkel in den „alten Park" ein. Der rotbraune Kies des Promenadenweges knirscht unter den Tritten des Pferdes. Noch hebt sich das filigrane Bauwerk der „Eremitage" deutlich vom Dunkelgrün der Buchen ab.

Hier, wo jetzt die Dohlen sich mit verhaltenem „Kiack" zur Ruhe begeben, baute vor 33 Jahren ein verliebtes Taubenpaar sein Nest. Die Vergangenheit wird wieder sichtbar vom ersten verstehenden Blick, dem wortlosen Einverständnis, dem süßen Geheimnis, der ersten zarten Berührung bis zur freien Hingabe.

Ein Kadett und ein blondes Mädchen hatten sich in haschende Eichhörnchen verwandelt, sich behutsam angenähert, waren vom Abendrot übergossen worden und erlebten Stunden der Glückseligkeit und eines endlosen Gottvertrauens. Sie endeten mit dem Glauben an die Ewigkeit der Liebe über Trennung und Schmerz hinweg.

Nun ist auch Friede über das Gesicht des Reiters gekommen.

Wenn einmal das Ende der „Eremitage" gekommen sein wird und ihre Steine neue Häuser bauen, werden sie auch die Geheimnisse seiner Liebe mitnehmen und ihren Bewohnern Segen bringen.

Ein Pferd trägt seinen Reiter dem Abend entgegen, als die Sonne hinter dem Pfarrholz versinkt.

―――――――――――――――

Und seither wartet der Grabstein des kleinen Ferdinand in großer Gelassenheit darauf, dass einer vor ihm innehält und über das „Vergissmeinnicht" nachdenkt.

Der Fritz, der macht das gut.
Eine Ebersdorfer Geschichte

Es muss an einem Sonntagvormittag des Jahres 1927 gewesen sein, Ende Juni.

Der Ruheständler Walter Fintelmann, der im vergangenen Jahr seine Stellung als Hofgärtnern einem Jüngeren überlassen hatte, kam zu seiner Frau Elisabeth in die Küche[12]: „Der Fritz hat mir gesagt, dass der letzte Sturm hinter der Eremitage[13] viel Holz geworfen hat. Ich seh' mir das mal an." Und dann sagte er noch: „Ich nehme die Kleene mit". Da sprang ein glattschwarzes Dackelmädchen mit hellblitzenden Augen, das bisher eingerollt auf der Holzkiste gelegen hatte, auf den Boden und lag schwänzelnd vor Herrchens Füßen.

Während seine Frau weiter an den sonntäglichen grünen Klößen werkelte, setzte sich der alte Hofgärtner seinen Hut auf – breites Band und hochgeschlagene Krempe, wie er von allen fürstlichen Beamten getragen wurde. Dann griff er nach seinem Stock mit der Horn-Krücke.

Das Dackelchen war schon die lange Treppe zur Haustür hinunter gelaufen und wartete dort ungeduldig, dass diese geöffnet würde. Kaum draußen fegte die kleine Schwarze in den Hof vom Nachbar Hausner, der gerade dabei war, seine Kühe auf die Weide zu führen – oben an der „Linde".

Fintelmann und der Schmied Hausner wünschten sich einen ruhigen Sonntag. Der alte Fintelmann blieb noch ein Weilchen stehen und sah dem Nachbarn nach. Dann schaute er mit wohlgefälligem Lächeln zu, wie die Kinder am Dorfbach spielten, der hier unter der Scheune vom Hoffleischermeister Neumeister hindurch lief.

Ihm und seiner Frau waren keine Kinder beschieden gewesen.

---

[12] Sie wohnten im Obergeschoss des Hauses Nr. 90, heute Laden von Fred Töpfer.

[13] Einsiedelei

Nun sah man die hagere Gestalt des alten Mannes mit rüstigem Schritt auf den übermannshohen Scherenzaun zugehen, der die untere Schlosswiese samt Hofgärtnerei umschloss.

Als er das Tor zum Teichdamm aufgeschlossen hatte, war die Kleene mit dicht am Boden geführter Nase im Handumdrehen einer Spur gefolgt und stand kläffend auf den Hinterbeinen an einer dicken Linde, während ein Eichkater schon auf den nächsten Baum sprang.

An der Dole[14] machte sich ein kräftiger junger Mann zu schaffen, der neue Hofgärtner, Fintelmanns Nachfolger. „Grüß Dich, Fritz, wie machen sich die Ananas?" Dabei lachte der alte Fintelmann, während der Fritz wohl ein freundliches wenn auch zugleich ein etwas verlegenes Gesicht machte. Seine Ohren wurden rot. „Sie geraten dieses Jahr gut, Meister", war die Antwort.

„Ich will mir mal den Windbruch ansehen", so lenkte Fintelmann nun das Gespräch auf ein anderes Thema, indem er sich zum Gehen wandte. „Fast 600 Festmeter Bruchholz werdens wohl sein", rief ihm der Fritz noch hinterdrein.

Fintelmann lenkte seine Schritte durch die „alte Allee" hinauf zur „Eremitage" am Ende vom „alten Park". Hier hatte am 17. Juni ein fürchterlicher Sturm von Südwesten her die schwachen Bäume samt Wurzelballen umgeworfen und die gesunden Stämme abgebrochen. Kaum einer hatte widerstehen können.

Heute ruhte die Arbeit. An den Wochentagen aber kletterten die Männer in dem Gewirr von Stämmen und Ästen herum und schnitten mit der Schrotsäge erst einmal die guten Längen heraus. Diese wurden dann von Rückepferden des Gutes zum Wirtschaftsweg geschleift. Der neue Hofgärtner passte wie ein Luchs auf, dass dabei die standhaft gebliebenen Bäume und die Promenadenwege nicht beschädigt wurden.

---

[14] Teichabzug

Der alte Mann überflog noch einmal mit einem Blick die wüste Fläche, nickte und schien sich zu sagen: „Ja, an die 600 Festmeter, das glaub ich auch."

Für die Heimkehr benutze er den gleichen Weg, beschloss aber, auf einer der Bänke eine kleine Pause einzulegen. Er suchte sich dazu eine aus, von der er über den „Plantagenacker" hinweg die Hofgärtnerei im Blick hatte. Alles war in helles Sonnenlicht getaucht, die alten Linden aber schirmten den frühen heißen Tag ab.

Kaum hatte er sich gesetzt und seinen Stock zwischen die Knie genommen, schon war die Kleine neben ihm auf die Bank gesprungen und sah ihn erwartungsvoll an. Als er sich aber zurück lehnte, rollte sie sich zusammen und war es zufrieden.

Walter Fintelmann (69) im Juli 1932

Der alte Mann dachte zurück an das Frühjahr 1900, als er aus Görbersdorf in Schlesien kommend, hier seine Arbeit als Hofgärtner begann.

Sein Vorgänger, der Hofgarteninspektor Löscher, hatte seinen Abschied genommen, um Wirt in der „Krone" zu werden. Er hatte wohl in den zurückliegenden Jahren Disziplin und Akkuratesse bei den 25 Gärtnern etwas schleifen lassen, so dass die Durchlauchtigsten Herrschaften nicht mehr mit ihm zufrieden waren.

Fintelmann schloss nun etwas die Augen und nahm das Bild der alten Hofgärtnerei in sich auf. Ja, die Fläche zwischen Orangerie und der großen Mauer, sonnig und vor kalten Winden allseitig geschützt, da waren die dicht an dicht angelegten Mistbeetfenster und das Ananashaus in einem miserablen Zustand. Jahre hatte es gedauert, bis die baulichen Schäden beseitigt waren und insbesondere die in die Erde eingegrabenen Wärmerohre wieder ihre Arbeit leisten konnten. Ananas benötigt viel Wärme im Boden.

Fintelmann hatte schon 1881 im Potsdamer Marleygarten und später in England die Ananaszucht kennen- und lieben gelernt. Seine Durchlaucht Heinrich XIV. wünschte, dass die Ananaszucht für die fürstliche Tafel wieder belebt würde und Fintelmann hatte sich mit großem Eifer, aber mit ruhiger Hand an die Arbeit gemacht.

Eines Jahres standen dann die bewurzelten Blattschöpfe in Reih und Glied wie die Soldaten im warmen Hochbeet des Ananashauses. Fintelmann wachte darüber, dass darin kein Unkraut aufkommen konnte. Jeden Abend ging er noch einmal hinunter in den Orangeriehof und freute sich an dem wachsenden Erfolg.

Die Kunde vom Wachsen einer eigenartigen mittalamerikanischen Frucht drang natürlich auch aus dem Hofgarten hinaus, wurde das große Gatter am Holzhof doch schon morgens um 6 Uhr aufgeschlossen, so dass jeder Kunde den Hofgarten betreten konnte.

Anfangs waren die Reihen der kleinen Pflanzen mit einem Blick gut zu überschauen. Je größer sie aber wurden und ihr Laub ausbreiteten, desto schwieriger wurde es, über alle die Übersicht zu behalten.

Wenn der alte Hofgärtner – nachdem sich ein guter Fruchtansatz entwickelt hatte – die Reihen der Pflanzen überblickte, zählte er, mehr im Unterbewusstsein als mit Absicht, die Pflanzen dieser und jener Reihe.

Und da fiel ihm doch eines Tages auf, dass eine Reihe, die eigentlich 26 Pflanzen zählen sollte, nur 25 aufwies, während er in einer anderen dafür auf 27 kam. Es fehlte also keine der wertvollen

Pflanzen; eine hatte aber wie von Geisterhand ihren Platz vertauscht. Fintelmann wurde nicht schlau aus seiner Beobachtung.

Tage danach, die Gärtner arbeiteten, sich auf einem Brett abstützend tief gebückt in den Beetkästen und der Hofgärtner ging begutachtend durch die Reihen, da stand der Fritz auf und näherte sich ihm mit der Mütze in der Hand. Ganz verlegen brachte er leise hervor: „Herr Meister, ich möchte Ihnen etwas sagen". Der Hofgärtner, der an Fritz einen Narren gefressen hatte, hätte dieser doch sein Sohn sein können, forderte ihn auf, doch ein paar Schritte mit ihm zu kommen.

Die anderen Gärtner konnten also kein Wort verstehen, obwohl alle ihre Ohren gespitzt hatten. Hofgärtner Fintelmann und der Fritz standen sich zunächst mit ernsten Gesichtern gegenüber, Fritz mit gesenktem Kopf und roten Ohren. Es musste sich also um eine ernste Angelegenheit handeln.

Doch als der Meister in ein herzliches Lachen ausbrach, löste sich die Situation. Fritz ging mit roten Ohren zurück an seine Arbeit, schwieg aber wie ein Grab.

Als der Hofgärtner am gleichen Tage seinen abendlichen Kontrollgang beendet und das große Gartentor abgeschlossen hatte, stieg er die Treppe zur Orangeriewohnung hoch. Zu seiner Frau sagte er: „Elli, der Fritz hat ein Liebchen gefunden. Der will sich mit der kleinen Neumeisters Nelly zusammen tun." Und nach einer Weile: „Ich mag die beiden, ich werde dem Fritz eine von den ersten Ananasfrüchten mitgeben für die Nelly."

Der Hofgärtner außer Dienst hatte sich auf der Bank etwas erholt. Ehe er sich wieder erhoben hatte, war die Kleine schon von der Bank gesprungen und lief voraus. Als er auf dem Heimweg über den Teichdamm ging, warf er noch einen Blick auf die Orangerie. Ein Lächeln glitt über das sonnengebräunte Gesicht des alten Mannes und er dachte bei sich: „Der Fritz, der macht das gut."

Dieser Fritz, mit Nachnamen Stein, war der letzte in der langen Reihe der Hofgärtner.

Der Katzentanzplatz
Ein altes Märchen

Es mag fast zwei Jahrhunderte her sein, dass der Bauer Horn aus Zoppoten an einem Herbsttage seine zwei Kühe vor den Karren spannte, um das Korn zur Mühle zu fahren.

Die Horns hatten bisher ihr Korn mit der Handmühle geschrotet, wie es alle ihre Vorfahren bisher getan hatten. Nun war aber der Mahlstein zersprungen und der Waldläufer der Herrschaft hatte für Horn mit dem Ruhmüller eine Zeit zum Mahlen ausgemacht.

Horn ging neben seinen Kühen, hatte die eine am Joch gefasst und munterte beide immer wieder auf: „Komm Liese, komm Lotte!" Und mit einer Weidenrute half er etwas nach. Horn war mit dem rechten Bein aufgestanden und guter Dinge. So hatte die träge Fuhre die Furt des Zoppotbaches gequert, war den Weg hinauf und an der Galgenleite wieder hinunter gezockelt. Zwischen dem unteren Lobensteiner Teich und dem Streuteich machten sie den ersten Halt zu Verschnaufen. Der letzte Anstieg stand bevor.

Hier waren vor wenigen Jahren Preußen, Franzosen, Bayern und Sachsen hin und her gezogen, hatten sich an den Feldern, dem Wild und dem Vieh nach Gutdünken bedient und ein armes Land hinterlassen.

Horn warf einen kurzen scheuen Blick zur Galgenleite hinauf, sollte es doch hier schon seit dem 30-jährigen Krieg nicht ganz mit rechten Dingen zugehen. Der bunte Wald aber stand ganz ruhig im Sonnenschein, im gefallenen Laub rätschten die Eichelhäher und der „Goldbach" gluckste wie immer das „Mühltal" hinunter.

Jetzt kam der Anstieg durch den Hohlweg zum Körnersbühl. Da angekommen, ging ein zufriedenes Lächeln über Horns Gesicht – nun würde es bis zur Ruhmühle keine Anstiege mehr geben!

Nachdem Horn mit seinem Gespann im Grund den vom „nassen Birkicht" her kommenden „grünen Bach" überquert hatte, hörte er rechts von der Höhe her Stimmen und bald auch das Rumpeln eines Karrens, der – eisenbeschlagen – mit schwerer Last über felsige Geleise gezogen wurde.

Sollte ein Schönbrunner heute ebenfalls als Mahlgast gebeten sein? Das Lächeln war aus Horns Gesicht verflogen. Immer wieder spitzte er die Ohren, lauschte, hielt dazu wohl gar seine Fuhre an und wurde immer sicherer, dass im Mühlenhohlweg ein anderes Gespann das gleiche Ziel hatte, wie er.

Und als er den letzten kurzen Hohlweg hinunter kam und die Ruhmühle zwischen Obstbäumen hinter einige Feldstücken erkannte, sah er auch die Schönbrunner Fuhre, die schon einen großen Vorsprung hatte. Bald wurde sie vom Hofhund begrüßt und verschwand auf dem Mühlenhof.

Mürrisch gelaunt erreichte dann auch Horn mit seinem Gespann die Mühle. Der Müller, ob es der Ritter war oder der Dietzsch weiß niemand mehr, der Müller also ließ keinen Zweifel daran, dass der, der zuerst kommt, auch zuerst mahlt.

Nachdem Horn die Kühe ausgespannt und auf einem Rain zwischen den Bäumen festgemacht hatte, schlenderte er missmutig, die Hände in den Hosentaschen vergraben, über den Mühlenhof zum Wehr. - Ist der Tag wieder vertrödelt! – Und der rote Mühlenkater, der da in der warmen Nachmittagssonne saß, bekam einen unsanften Fußtritt.

Über dem Silberknie drüben in den großen Buchen lärmten die Eichelhäher, als ob sie das Klappern des Mahlwerks und das Rauschen der Saale übertönen wollten. Schließlich senkte sich die Sonne über dem Heinrichstein.

So kam es, dass es fast Mitternacht geworden war, ehe sich Bauer Horn wieder auf den Heimweg machen konnte, nachdem ihm der Ruhmüller, wohl zum Troste, noch einen Schnaps eingeschenkt hatte.

Der Weg bergan fiel Horn und seinen Kühen schwer. Die tiefen Geleise wurden von der am Wagen hin und her pendelnden Stalllaterne nur ungenügend beleuchtet. Die bewegten Schatten der beiden Zugtiere und sein eigener waberten im sanft aufkommenden Nebel ihnen voran.

Endlich ging es hinunter zur alten Heerstraße. Ein Käuzchen rief in der alten Buche. Zwischen den Teichen verschwammen die Schatten der Kühe im Nebel zu einer Schar von Katzen, die um ein Licht herum tanzten. – Horn wischte sich mit dem Handrücken den Angstschweiß von der Stirn. Das Herz schlug ihm bis in den Hals. Er trieb seine Tiere an und floh mit ihnen.

Als es wieder den kleinen Anstieg an der Galgenleite hinauf ging, sah er sich um. Die größte der schwarzen Katzen mit feurig glühenden Augen war ihm ein Stück nachgelaufen und rief ihm zu: „Wenn Du nach Hause kommst, so sage Deinem Miau-Ranzen, sie möge kommen, mit uns zu tanzen. Vergiss das keinesfalls!"

Zu Tode erschrocken und bleich wie Wachs erreichte der Bauer mit letzter Kraft den häuslichen Hof und schloß das Tor hinter sich mit besonderer Sorgfalt.

Völlig außer Atem berichtete er seiner Frau von dem grauenhaften Erlebnis. Das hörte auch seine Katze, die es sich unter dem Ofen bequem gemacht hatte. Als sie nun von der Einladung der schwarzen Katze erfuhr, setzte sie mit einem gewaltigen Sprunge durch das offen stehende Fenster und kam nie wieder zurück.

Seitdem heißt der Platz zwischen den beiden Teichen – Katzentanzplatz.[15]

---

[15] Vom unteren Lobensteiner Teich war um 1960 noch ein Stück des Dammes zu sehen.

Das ungelöste Rätsel vom „Schönen Haus"
in Ebersdorf

Den Menschen reizt es, Geheimnisse zu ergründen, obwohl er weiß, damit verlieren sie ihre Faszination und zurück bleibt meist ein schaler Geschmack.

Mein Schulfreund Karl Seuß verbrachte seine Arbeits- und Rentnerjahre vorwiegend in Rudolstadt. Einige Zeitlang unterstützte er mich als mein Gewährsmann gegenüber der Rudolstädter Bibliothek, insbesondere bei der Fernleihe von Büchern, die nicht nach Lobenstein ausgeliehen werden durften.

Aber auch in den Rudolstädter Beständen fand sich – unter D 126 – ein uns Ebersdorfer berührendes, aber schwer lesbares Notizbüchlein eines Unbekannten, der darin im Jahre 1788 Eintragungen über Bauten, seine Reisen und Briefverbindungen hinterlassen hat.

Das Jahr 1788 bringt uns die Erinnerung an eine Raupen- und Erdflohplage, insbesondere aber an die Pocken, die allein in Ebersdorf 150 Kinder erfasst hatten, denen die unauslöschlichen Narben blieben, wenn sie die Krankheit überhaupt lebend überstanden.

Im gleichen Jahr schuf der Dresdener Gottlieb Klinger die Reisebilder im Schloss und Christian Friedrich Schuricht, der Dresdener Baumeister, war mitten in der Planung für die Neugestaltung der Ebersdorfer Residenz. Auch hatte man die alte Hofmauer abgerissen, die den hufeisenartigen Grundriss des Schlosses einige Jahre geschlossen hatte, und war bei der Errichtung der neuen Treppenanlage im Schlosshof.

Der unbekannte Tagebuchschreiber berichtet, dass er am 1. August mit Starke, Leopold von Ket, von Winkler und Taubenheim und noch anderen nach „Schleitz" geritten sei, wo sie sich „auf dem Vogelschießen wohl amüsierten".

Das ging so drei Tage, am 4. August „kommen auch unsere Weiber nach Schleitz". Den 5. August begaben sie sich in die Schlosskapelle, „wo der Hofkaplan ganz gut predigte. Abends war Concert". Am 6. August ging es „in Schleitz ganz lustig zu, war auch gutes Wetter bei dem Hl. Vetter."

Über den 7. August schweigt des Schreibers Höflichkeit und am 8. sind alle „fort von Schleitz und in Ebersdorf gewesen, Schuricht gesprochen, das schöne Hauß besucht, dann nach Leutenberg geritten." Am 9. August „punkt 12 Uhr im Übergang des Nachts in Leutenberg bei dem Amtmann North" wurde schließlich der Geburtstag des Schreibers gefeiert und am 10. begann wieder der Alltag in Rudolstadt.

Die ganz großen Geister, die 1788 in Rudolstadt die oberen Sphären des gesellschaftlichen Lebens dominierten – Schiller, Goethe, Herder, die Brüder Humboldt wie auch Caroline von Beulwitz und Charlotte von Lengefeld – nahmen an diesem Ausflug ins Reußenland offenbar nicht teil.

Wer aber im Schleizer Schloss Gottesdienst und Konzerte besucht sowie dort lustige Tage mit den „Weibern" verbringt, auch wohl das fachliche Gespräch mit Schuricht, dem Baumeister des sächsischen Hofes und Mit-Illustrator des Hirschfeldischen Werkes über die Anlage Englischer Gärten sucht, deshalb nach Ebersdorf reist, wird wohl nicht unbedeutend gewesen sein.

Auch bleibt die Erklärung für das „schöne Hauß" in der Schwebe, denn Schuricht plant ja erst die Säulenfront und das Lusthaus „Tempe". Ist das „schöne Hauß" vielleicht die „Eremitage"[16], die 1787 erstmals erwähnt wird? In dieser Zeit besteht sie nur aus einem Salon und ist im eigentlichen Sinne kein Haus. Auch die 1783 errichtete „Bellevue" passt da nicht so recht ins Bild.

Oder war damit das „hohe Haus" gemeint, das wir aus der Beschreibung des Großbrandes am 1. Oktober 1874 kennen, das ich mir als mehrstöckiges Gebäude mit hohem Giebel vorstelle, ein alter Sitz der Herren von Machwitz?

---

[16] Gothisches Häuschen

Gothisches Häuschen

Des Rätsels Lösung bleibt offen, bis einmal in einem Archiv eine nähere Beschreibung des „schönen Hauses" gefunden wird. Meine größten Hoffnungen setze ich da in das Archiv der Brüdergemeine und dessen Archivar.

Adalbert baut ein Haus
Eine Erzählung

Niemand weiß genau, wie lange die alte Heer- und Handelsstraße von Nürnberg nach Leipzig schon benutzt wird. Wahrscheinlich zogen schon im 12. Jahrhundert wandernde Notgemeinschaften auf der Suche nach einer neuen Bleibe hier entlang. Plünderer und Räuber werden ihnen aufgelauert haben. In Kriegszeiten benutzten die Heere die gleiche Straße wie die Kauffahrer, die am Handel verdienen wollten. War die Straße unsicher geworden oder ging die Nachricht um, dass im Lande die Pest oder die Pocken wüteten, suchte man diese Landstriche auf anderen Wegen zu umgehen.

Meistens schlossen sich die Kaufleute zu ganzen Kaufmannszügen zusammen, um sich gegenseitig helfen zu können bei Überfällen, ebenfalls an gefährlichen Flussübergängen und Anstiegen.

Gelegentlich mussten sich aber auch ein einzelner Planwagen, der Kaufherr, der Kutscher und die Knechte durchkämpfen.

Es muss im Januar 1613 gewesen sein, als eine plötzliche Schneeschmelze derartig gewaltige Wassermassen freisetzte, dass auch die Friesau weit über ihre Ufer trat, den Schutzwall des „Schwarzen Teiches" überspülte, ihn schließlich in großen Teilen mit sich riss, so dass die Scheithölzer in wirrem Durcheinander im Sog des Wassers in die Saale mitgerissen wurden. Dabei wurden die der sächsischen Krone gehörenden Perlmuscheln weitgehend zerstört.

Ein einzelner Kauffahrer auf dem Wege nach Leipzig, wo es schon seit 1165 eine Warenmesse gab, hatte bereits in Lobenstein hinauf zum Galgenberg einen Vorspann nehmen müssen. Nun stand der Wagen mit vier kräftigen Pferden vor der Furt durch die Friesau und alle verschnauften etwas. Nach einer kurzen Pause schwang der Kutscher, neben den Pferden gehend, die Peitsche und mit einem „Holla" ging es mühelos durch das Wasser. Im anschließenden zum „Nassen Birkicht" hinaufführenden Hohlweg aber war der Wagen ächzend im Lehm stecken geblieben. Die Rösser mussten wieder zurücksetzen. „Zuuurück!"

Die Männer holten Fichtenreisig und warfen dies vor den Rädern in den Hohlweg hinunter. Dann griffen sie in die Speichen. Die Pferde gaben ihr Letztes, aber es ging nur wenige Klafter[17] voran. Die herunter rauschenden Wassermassen spülten das Reisig weg, der Lehmboden blieb unüberwindlich und der Wagen ging dann weder vorwärts noch zurück. Da halfen weder ein Stoßgebet noch ein derber Fuhrmannsfluch. Die Männer wischten sich die Stirn, an den Flanken der Rösser tropfte der schaumige Schweiß ab.

Alte Handels- und Heeresstraße im Pohlig[18]

Der Kaufherr schickte einen Wagenknecht für Vorspann zu sorgen und dem schloss sich ein junger, sicher noch nicht zwanzigjähriger Mann an, der sich vor einem halben Jahr in Schlesien oder, wie er sagte, in Slansk[19] verdingt hatte.

Beide machten sich auf zum Vorwerk „Alten-Ebersdorf" auf der Schönbrunner Höhe. Es war der Rest der von den Ebersdorfern

---

[17] Altes Längenmaß: Strecke zweier ausgestreckter Arme
[18] Steil ansteigende Kurve des ehemaligen Hohlweges, rechts am Horizont ist das „nasse Birkicht" zu sehen
[19] Gesprochen wie Slangst

weitgehend verlassenen ersten Ansiedlung. Aber das Vorwerk, der Gutshof war noch geblieben.

Der Wagenknecht war nicht zum ersten Mal hier. Er kannte den Hofmeister und so wurden beide schnell handelseinig. Vier Zugochsen, ein Ebersdorfer Hütejunge und die beiden Männer waren bald auf dem Wege zur Friesaufurt.

Die Zugochsen wurden paarweise im Joch[20] den Pferden vorgespannt, was nicht einfach war. Sie mussten im weiten Bogen herumgeführt werden, da die Enge des Hohlweges es nicht anders zuließ.

Der Kutscher rief „Holla" und die Rösser wollten wieder mit einem gewaltigen Schwung anziehen, wurden aber durch die vorgespannten Ochsen zu einem ruhigen Schritt genötigt. Diese zogen ebenfalls mit großer Kraft aber bedächtig an, so dass der schwere Wagen schwankend und knarrend in eine stetige Bewegung kam bis er auf der Höhe angekommen war.

Nach dem Ausschirren machte sich der Hütejunge mit den Ochsen durch das rauschende Wasser den Hohlweg hinunter auf den Heimweg. Der Kauffahrer fuhr in Richtung Zoppoten und wollte vor der Nacht noch die „Ratte" erreichen.

Es war Herbst geworden. Diesmal kam der gleiche Kauffahrer von Osten her mit mehreren anderen. Im sicheren Hof der „Ratte" spannten sie aus, trotzdem ließen sie ihre Spitze in den Schoßkellen[21] gut aufpassen. Die Männer trafen sich in der Wirtsstube. Unser Wagenführer gab einen Wacholderschnaps aus, von dem der Wirt behauptete, ihn selbst gebrannt zu haben. Dann verabschiedete er den jungen Schlesier mit einem kräftigen Handschlag und einem breiten Lachen im verwitterten Gesicht: „Grüß mir die Ochsen!"

---

[20] Zugvorrichtung für die Stirn der Ochsen
[21] Sitz des Kutschers

Adalbert, wie der Schlesier genannt wurde, hatte von den Fuhrleuten Abschied genommen und im Kopf eine Menge Ideen, als er die alte Heerstraße mit kräftigem Schritt westwärts zog. Durch Zoppoten lief er der Sonne hinterher, an der „Hartmannsleite" bog er rechts ab und kam durch das neue Ebersdorf, wo trotz der späten Stunde noch einige Fröner[22] mit der Anlegung eines Teiches beschäftigt waren.

Als er bei Sonnenuntergang das Vorwerk auf dem Berge erreichte, da dachte er an den alten Fuhrmann zurück, der ihm Grüße an die Ochsen aufgetragen hatte. Da musste er doch herzlich lachen.

Waren es doch nicht die Ochsen, die ihn wieder hierher gezogen hatten. Im letzten Januar war ihm ganz heiß geworden, als er der jüngsten Tochter des Hofmeisters begegnet war und schon damals hatte er ihr entlockt, wie sie hieße: Agneta.

Der Hofmeister nahm ihn in Dienst und bald hieß es: „Adalbert, komm hierher, Adalbert, geh dort hin." Überall machte er sich beliebt, so auch beim Hofmeister und seiner Tochter. Und nun kam es, wie er sich das ausgedacht hatte. Der Hofmeister verschaffte ihm eine Heiratserlaubnis und gab ihm seine Tochter zur Frau.

Nachdem so sein erster Wunsch in Erfüllung gegangen war, sprachen beide, Adalbert und Agneta, davon, dass sie nun noch gerne ein kleines „pole"[23] hätten, so würde in seiner Heimat ein Feld genannt. Und nach einer gewissen Zeit hatte der Hofmeister, dessen Eidam[24] er nun war, ein winziges Zipfelchen Feld gefunden, auf dem die Herrschaft eine Ansiedlung erlaubte und auch der Schönbrunner Älteste nichts dagegen hatte.

Bei seiner Hochzeit hatte er zunächst verschwiegen, dass er katholisch getauft worden war und so hatten er und seine Agneta nur „Ja" sagen müssen. Nun aber, da er sein „pole" bekommen sollte,

---

[22] Arbeiter im Dienste eines Lehensherren
[23] Gesprochen wie „polje"
[24] Schwiegersohn

war es notwendig, dass er entweder seinen Namen oder wenigstens drei Kreuze in das große Flurbuch schrieb. Er nahm all seinen Mut zusammen und kratzte mit der Gänsefeder, die der Hofmeister für ihn ins Tintenfass getaucht hatte, langsam unter den neugierigen Blicken aller Umstehenden die Buchstaben W O I C I E C H. Der Älteste von Schönbrunn machte ein misstrauisches Gesicht, verdarb der Adalbert das wertvolle Flurbruch mit seinen Krakeln etwa zum Schabernack? Da der Hofmeister aber keinen Mucks machte, schluckte der Älteste seinen Unmut hinunter. Die Missstimmung löste sich erst als der Adelbert sagte: „Auf diesen Namen bin ich getauft, aber die Kauffahrer rufen mich mit dem deutschen Namen Adalbert."

Nun ging Adalbert daran, sich seinen dritten Lebenswunsch zu erfüllen. Unweit der Furt durch die Friesau, wo ehemals die bedächtigen Ebersdorfer Ochsen dem schweren Wagen Beine gemacht hatten, baute er in jeder freien Minute auf dem Zipfelchen „Pole" an einer Hütte für seine junge Familie, einen Gaden, wie man damals eine Hütte nannte, die nur einen Raum hatte.

Auf einer Lage aus dem „Tellerberg" geschlagener Steine wuchs ein Raum mit einer Luke zum Abzug des Rauches vom offenen Feuer. Und über den Bach hinweg, also links der Friesau legte er eine Brunnenstube an. Für Frau Agneta war es eine Freude, durch die Furt hindurch das frische Quellwasser aus der eigenen Quelle zu holen.

Das Gartenstück ums Haus herum brachte Wurzelgemüse, Kraut, Mangold und Zwiebeln zur Ergänzung der draußen gesuchten Lebensmittel wie Sauerampfer, Fichtentriebe, Teufelskralle, Haselnüsse, Vogeleier und Bienenhonig.

Wenn nun ein Kaufmannswagen im Hohlweg stecken blieb, lieh er sich vom Schwiegervater die Ochsen aus, leistete Vorspann und erhielt dafür ein kleines Geldstück.

Schon bald baute er vor die Hüttentür eine Eingangslaube, die er aus seiner Heimat nicht kannte, und trennte eine Kammer im Innenraum ab. Als das zweite Kind kam, baute er einen Verschlag an, in dem eine Ziege stehen konnte. Die hatte jedoch wenig Glück, holte sie doch eines Nachts der Wolf.

Adalbert entschloss sich, einen zweiten Raum auszubauen und für die neue Ziege einen festen Stall. Auch musste er das faulig gewordenen Stroh auf dem Dach auswechseln, Wind und Wasser hatten es ganz zerzaust. Da gab es zu tun bis in die Nacht hinein, da sah er gelegentlich durch die Luke hinein, wo Agneta im Lichte von Kienspänen die Kinder versorgte und den Brei für den Abend kochte.

Da alle Nachbarn wussten, wie stolz Adalbert auf sein „Pole" war und er in seine Sätze auch immer wieder einige Worte seiner Muttersprache Polnisch einmischte, nannten sie die Hütte „Policht" – da, wo die Polen wohnen, ähnlich dem „Birkicht" – da, wo die Birken stehen. Die Häuser und Katen besaßen ja noch keine Hausnummern, weshalb Häusernamen notwendig waren, schon für die Fiskaldiener, die ins Haus kamen, die Abgaben einzutreiben. Um 1800 hieß das Haus dann „Poliga", um 1850 herum „Bohlich" und heute schließlich „Pohlig-Haus".

In diesen Jahren hatte sich nun freilich viel geändert. Die Nachfahren Adalberts arbeiteten auf dem Feld, im Wald, im nahen Steinbruch, am ebenfalls nahen Kalkofen und halfen den Reisenden, halfen beim Verladen des Kupfererzes und der Eisenwaren, die im Saaletal hergestellt und am Pohlighaus auf die Wagen der Handelsherren verladen wurden.

Auch die neuen Familien, die im Laufe der Jahrhunderte hier lebten, hielten das Haus für die nächste Generation in Ordnung. Sie erlebten gute und schlechte Zeiten, versteckten sich im Vorratsloch oder im nahen Wald, wenn die Reisigen der hohen Herren plünderten, drückten ihre Nasen hinter den Scheiben platt, als Napoleon mit seiner Leibgarde 1806 hier vorbei kam, liefen freudig und ehrerbietig der Kutsche entgegen, als der Fürst die schönste aller Frauen, Lola Montez 1843 auf den Heinrichstein begleitete und hielten sich ängstlich bei den Händen, als 1945 amerikanische und dann sowjetische Soldaten laut Einlass begehrten.

Wie ehemals Adalbert seine Hütte mit einer Eingangslaube erweiterte, veränderte jede Generation das Haus, in dem sie hinten, seitlich und auch vorn etwas anbaute, Fenster, Schornsteine, Türen und Schuppen veränderten und das sieht man dem „Pohlighaus" auch heute noch an!

Das Gärtchen war in schlechten Zeiten wie anfänglich mit Kohl, Möhren und Kraut bepflanzt, später waren es Rosen und Blumen. Eines Jahres, es mag in den 1950-er Jahren gewesen sein, bevölkerten Gartenzwerge den Rasen.

Pohlighaus um 1950

Bei gutem Wetter kamen die Kinder des Ebersdorfer Kindergartens, der damals im schönsten Haus des Pohligweges beheimatet war, fast täglich hierher gewandert. Die Kleinen standen dann mit leuchtenden Augen vor dem Zaun, gestikulierten und schwatzend durcheinander, jauchzten und hatten das Herz voll Freude.

Die Brunnenstube, die Adalbert gebaut hatte und von der Agneta tagaus tagein das herrliche Quellwasser holte, hatten die vielen Generationen über Jahrhunderte in Schuss gehalten und immer wieder instand gesetzt. Sie bestand noch bis zur Mitte des 20. Jahrhunderts.

Die Pohlighäuser Nachbarn stellten zu Ostern einen irdenen Krug auf den Deckel. So konnten sich die frühen Wanderer am Ostermorgen auf ihrem Weg zum Heinrichstein an einem frischen Trunk laben.

Der Schwarze

Wenn ich über den „Schwarzen" etwas erzähle, meine ich nicht den, der in der zweiten Hälfte des 20. Jahrhunderts über die Ebersdorfer Dächer lief und die riesenlange Leiter zwischen den Oberschenkeln als Abwärtsfahrstuhl benutzte. Aber so eine kraftvolle Statur und kohlschwarze Haare wird er wohl auch gehabt haben.

Als der Bruder Jakob, der sich selbst Kopesh nannte, vor vielleicht 500 Jahren seine Einsiedelei einrichtete, war er nicht der erste, der sich an der Pfote niederließ, um immer gutes Trinkwasser zu haben.

Da war noch eher ein Köhler da. Der wurde nur einfach „der Schwarze" genannt, waren doch durch seine Arbeit mit der Holzkohle Gesicht, Hände und Füße so dauerhaft schwarz, dass kein Wasser der Pfote ihn rein waschen konnte. Deshalb traute er sich auch ganz und gar nicht in die Höfe und Dörfer. Das Gesicht der kraftvollen Gestalt war hinter schwarzem Haupt- und Barthaar versteckt, so dass Mund und kohlschwarze Nase nicht mehr zu unterscheiden waren.

Die Augen aber, die den Kohlenstaub nicht angenommen hatten, leuchteten als große weiße Kugeln auch im Dunkel des Waldes.

Trotzdem war diesem Waldschrat eine Frau in den tiefen Wald gefolgt und beide hatten in großer Armut und mit viel Aufopferung von den vielen Kindern fünf Jungen groß ziehen können. Die waren manchmal nur ein Jahr auseinander und trotzdem ganz unterschiedlich.

Einer größer als der andere, länger oder breiter, geschickter oder ungeschickter, aber alle fleißig, mussten sie doch, sobald sie laufen konnten, mithelfen, die Familie zu ernähren. Sie halfen, als sie größer waren, auch dem Vater beim Aufschichten der Meiler und zusammen mit der Mutter trugen sie die fertige Holzkohle zum Gutsherrn auf der Höhe oder in die Dörfer. Dabei wurden sie dem Vater immer ähnlicher, denn auch von ihnen konnte das Pfotenwasser den Staub nicht vollständig abwaschen.

Der Lohn, etwas Hirse oder auch Roggen, war im Gegensatz zur Holzkohle eine leichte Last auf dem Rücken. So freuten sie sich auf dem Heimweg, wenn sie Pilze, ein Nest mit Eiern fanden oder gar einen Vogel fangen konnten.

An einem kühlen Sommermorgen brach der Vater schon vor Sonnenaufgang zum Holzmachen auf. Die Frau war bereits am Meiler gewesen, die Abzugslöcher zu kontrollieren. Da hatte sie einen freien Blick aus dem dichten Buchenwald zum Himmel. Sie sagte sich, dass es ein heißer Tag werden würde.

Nachdem die Sonne ihren höchsten Stand erreicht hatte, kamen von Abend her immer mehr hochaufgetürmte Wolken und der leise Windzug wurde zum Sturm. Mit Blitz und Donner, Sturmbrausen und dem Zusammenbruch morscher Stämme entlud sich schließlich ein ordentliches Gewitter, bei dem die Leute sagten: „Den Schläfer wecke, den Esser töte."

Baumgesicht

Dann wurde es wieder ganz andächtig still, die Sonne strahlte klar vom blauen Himmel, die Vögel nahmen ihren Gesang wieder auf und ein Reh äste mit seinem Kitz ruhig auf der Waldblöße.

Aber Vater Schwarzer kam am Abend nicht nach Hause. Die Mutter hatte die ganze Nacht gebangt, immer einen neuen Kienspan in die Ritzen der Hüttenwände gesteckt, um sich munter zu halten.

Baumgesicht

Bei Sonnenaufgang brachen dann die fünf Brüder auf, den Vater zu suchen. Sie fanden ihn leblos in Richtung auf das obere Dorf. Der Schwarze war vom Blitz erschlagen worden. Nur ein kleines Brandmal an der Sohle des rechten Fußes zeigte den Austritt des göttlichen Zornes an.

Frau und Söhne sowie der Bruder Kopesh begruben den Schwarzen an Ort und Stelle.

Seither wächst an diesem Ort immer wieder ein Baum, in dessen Rinde die Menschen das Gesicht des vom Blitz getöteten Köhlers zu erkennen glauben.

Nun besorgten die Söhne die Köhlerei ihres Vaters weiter. Als sie aber auch die Mutter begraben mussten, beschlossen sie, auseinanderzugehen.

Die fünf großen Buchenstämme auf der „Köhlerswiese" im Schlosspark, einer größer als der andere, länger oder breiter – sie

Die Fünf Brüder

erinnern an die fünf Köhlersbuben, weshalb man sie seit alters her „die Fünf Brüder" nennt.

61

Eine Geschichte über das „Comtessenhaus"
Das wird ein Märchen

Das alte Haus in der damaligen Schloss-, späteren Post- und heutigen Parkstraße hatte sich damals, 1744 – 1745, die Grafentochter Comtesse Eleonore bauen lassen, weshalb es noch heute „Comtessenhaus" genannt wird.

In der Mitte des 20. Jahrhunderts waren im Parterre Wohnung, Werkstatt und Geschäft des Uhrmachers Hugo Dienemann. Das Obergeschoss hatte der Schuhmachermeister Hans Seuß zusammen mit Ehefrau Ida und den Söhnen Helmut und Karl, Karli genannt, die Wohnung; die Werkstatt war nur zwei Häuser weiter im untersten Teil des Apothekenhauses.

Karli war mein einziger Schulfreund, zu dem die gute Verbindung erst durch seinen Tod gelöst wurde. Aus diesem Grund war ich auch über Jahre hinweg fast täglich Besucher in diesem Haus.

Die drei ausgetretenen Sandsteinstufen, die von der Straße zur Haustüre hinauf führten – einen Bürgersteig gab es noch nicht –

ließen zwischen sich so viele Lücken, dass immer einige Unkraut-pflänzchen ihr Gedeihen hatten. Täglich wurden von den Hausfrauen nach dem Kehren im Anschluss an das Wischen der Innentreppe auch die Sandsteinstufen mit dem Restwasser rückwärts absteigend gewischt. So konnten sich die Pflanzen auch an heißen Tagen richtig vollsaufen. Der Rest des Wischwassers wurde dann mit kräftigem Schwung auf der Straße verteilt.

Auf diese Weise wurden die Unkrautpflänzchen immer wieder mit Wasser versorgt und so viel auch gezupft wurde, ganz ließen sie sich nicht vertreiben.

Die Spalten zwischen den Steinen aber bargen noch ein weiteres Geheimnis vor dem hellen Tag. Wenn im Sommer das Tageslicht schwand, konnte man einen heimlichen Bewohner wahrnehmen, der sich zu Winterzeiten wahrscheinlich zusammen mit den Teichmolchen in den Keller zurück zog und hinter den Einkellerungskartoffeln oder bei den im Sand vergrabenen Möhren einen frostfreien Unterschlupf suchte.

Da lehnt sich aus einer queren Spalte unter dem Hausstein – wie manche Menschen aus dem Fenster – ein warziger grau-rotbrauner Kopf heraus mit kurzer, aber breiter Schnauze, unter der die Finger beider Hände sich gefunden haben. Kupferrot glimmen die beiden großen Augen. Mit langsamen Schritten kommt das Wesen ganz aus der Deckung und man hört ein leises, bellendes „Oöck, oöck". Es ist ein ausnehmend großes Tier, uns beiden ist sofort klar, es handelt sich um Bufo vulgaris, eine weibliche Erdkröte. Berta, die Dicke, haben wir noch jahrelang hier beobachten können.

Als das Comtessenhaus gebaut werden sollte, es war zu der Zeit, als die Tiere noch sprechen konnten, kam der Baumeister schon nach kurzer Zeit ins Schloss zurück zur Comtesse Eleonore und berichtete, man könne vor lauter Kröten nicht mit dem Bau beginnen. Also begab sich die Comtesse auf die „obere Schlosswiese" im „alten Garten" und verhandelte mit der dicken Königin der Kröten. Diese sagte: „Hier ist schon tausend Jahre unser Land.

Wenn Du hier ein Haus bauen willst, musst Du unsere Königsfamilie mit einziehen lassen".

Die Comtesse, die kaum gemerkt hatte, dass sie entgegen der Hofetikette mit „Du" angeredet worden war, das Haus auch gerne an dieser Stelle gebaut haben wollte, stimmte dieser Bedingung schließlich zu.

Als ich an einem Sommerabend über die „obere Schlosswiese ging, da wo die Friesau durch die „Haberkornbrücke" unter dem Dorf hinweg zum „Sandsteig" läuft, traf ich doch Berta, die Dicke, nach langen Jahren wieder. Ich fragte sie, weshalb sie nicht mehr unter dem Hausstein sitzen möchte.

Da schien es mir, wie wenn es in den kupferroten Augen wässrig wurde. Sie fuhr sich einmal mit der rechten Hand übers Gesicht, ich vernahm ein leises „Oöck, oöck – die alten Haussteine sind ersetzt worden und die schönen querovalen Kellerfenster, durch die wir in den Keller gelangen konnten, sind einfach zugemauert worden."

Jeder kann sich am Comtessenhaus von der Wahrheit dieser Geschichte überzeugen.

Der Einsiedler vom Heinrichstein

Ganz gelegentlich nur, nicht mehr als ein- oder zweimal im Jahr, bemerkte man ihn in Zoppoten, wenn er in die am Rande des Dorfes unterhalb des Schlosses gelegene Hütte des Schäfers schlüpfte, da wo der Weg hinunter zur Goldbachmühle führt und die Schäferhütte von einem Holunder fast zugedeckt wird.

Das erste Mal war es an einem der langen Sommerabende, der gerade zu Ende ging. Der abendliche Fallwind zog bereits durch die Bäume dem Saaletal zu. Die Luft war noch voller Grillengezirp und die ersten Abendsegler zogen ihre kühnen Kreise. Der Duft der frisch geschnittenen Wiesen tat der Seele gut.

Vom Dorf hörte man aus den Höfen die eintönigen Schläge der Dengelhämmer, die sich beeilten, der Nacht zuvor zu kommen. Gänse schnatterten sich in den Schlaf und auf der Gasse standen ein paar schwatzende Weiber. Sie verstummten, als die Gestalt eines Fremden unter den Weichselkirschen am Pferch vorbei glitt; einige Schafe wichen zurück.

Der Schäfer Grimm war in der Flur schon gelegentlich mit dem Eremiten zusammen getroffen, heute sollte er ihm Bart und Haare scheren. So gestutzt war er trotz der sinkenden Nacht von den letzten Weibern auf der Gasse nicht sicher als Fremder erkannt worden.

Als am anderen Morgen eine Nachbarin ihre Gänse zum Dorfbach trieb, fragte sie den alten Grimm, der gerade die Hufe eines niedergelegten Schafes beschnitt: „Richard, hattste Besuch am Omd?! Der war mir net kenntlich."

„Jo", Richards Gesicht bekam noch einige Fältchen zusätzlich in den Augenwinkeln, wusste er doch schon, was nun für eine Frage kommen würde: „Wer warn das?"

„Jo", meinte der Alte und nun zogen sich die Mundwinkel in die Breite und ein spitzbübisches Lächeln glitt über das wetterbraune, stoppelige Gesicht. Die Stirn runzelte sich, er hob den rechten Zeigefinger und sagte mit bedeutungsvoller Ruhe: „Dös war der Stuhfels!"

Seither kennen die Zoppotener eine geisterhafte Gestalt, deren Bart und wirres Haar umso wilder und abenteuerlicher werden, je häufiger die Weiber über den Stuhfels tratschten.

Das Moosfräulein
Ein altes Märchen

Keiner weiß mehr, wann es war, dass der Tagelöhner Brohsius mit seiner Familie nach Ebersdorf zog.

War es im Jahre 1805, als der Johann Jakob Oswald im Magwitzhaus noch ein Söhnlein bekam oder gar schon 1632, als die Kriegsfurie den Hammer an der Lemnitz verwüstet hatte? War Brohsius brotlos geworden und hatte vergeblich versucht, im Büffelstollen oder in der Lobensteiner Eisenhütte Arbeit zu finden?

Die Enge in dem winzigen Magwitzhaus, in dem 7 Familien mit 42 Personen hausten, war im Winter fast unerträglich.

So war es gekommen, dass sich Brohsius eine Stelle als Holzknecht ausgemacht hatte und nach Ebersdorf umgezogen war.

Vor einem Jahr hatten sie ihre Habe zusammengepackt. Fast alles ging in einen Huckelkorb hinein, den der Vater trug: ein Topf, Schüsseln, Löffel, die Axt, etwas Wäsche und ein kleines Säckchen mit Schrot, das sie sich aufgespart hatten. Oben auf dem Huckelkorb setzte die Mutter gelegentlich, dann aber immer öfter den kleinsten Buben, dem schon bald die Füße weh taten.

Die drei großen Buben mussten die Geiß führen, die nach jedem Himbeerstrauch am Wegesrand den Hals lang machte oder übermütig meckernd Bocksprünge vollführte.

Die Jungen hatten Bündel aus einem großen Schnupftuch. Da waren Dinge drin, auf deren Besitz sie stolz waren: ein schöner Stein, der wie ein Halbmond aussah, bunte Federn vom Eichelhäher, kleine Schüsseln aus den Schalen der Pfahlmuschel und auch das Weidenpfeifchen, das ihnen der Vater zum letzten Osterfest geschnitten hatte.

Mutter trug ein Bündel mit ein paar Stücken Brot und einigen Äpfeln. Auf dem Arm hielt sie die kleine Johanna, die gerade erst laufen gelernt hatte.

So zogen sie am rechten Saaleufer mit dem Wasser dahin. Am Saalhof kamen ihnen die Gänse mit lang vorgestrecktem Hals entgegen, wichen dann aber der bockenden Geiß aufs Wasser aus. Den Motschenmüller grüßten sie über die Saale hinweg mit einem „Lebewohl".

Am „Spaniershammer" querten sie die Saale und gingen durch die Felder nach Gottliebsthal. Hier wurden auf der „Floßwiese" gerade die Stämme mit Wieden[25] zusammengebunden. Die Jungen wollten unbedingt hin, aber der Vater sagte, dass sie erst die Hälfte der Wegstrecke geschafft hätten.

Von der „Hämmerleinsmühle" an folgten sie dem Lauf der Friesau und machten am „Schwarzen Teich[26]" halt. Der hatte seinen Namen von den im Wasser liegenden Scheithölzern, deren Gerbstoff das Wasser schwarz färbte. Es tat gut, die nackten Füße im Wasser abzukühlen.

Nachdem das Brot alle und der letzte Apfel geteilt waren, machten sie sich auf den letzten Teil des Weges nach Ebersdorf.

Reste des Dammes vom „Schwarzen Teich" (Bildmitte)

Im letzten Häuschen in der oberen Gasse durften sie in eine Stube und eine Kammer einziehen. Die Eltern verdingten sich als Tage-

---

[25] Junge Fichten

[26] Vom „Schwarzen Teich sieht man heute nur noch den Rest des Stauwalles, der rechts des alten Friesaulaufes liegt. Mit der Verlegung der Friesau aus dem Tal in einen Kanal an der Fürstenstraße verschwand auch der Rest des großen Walles links der Friesau, der wegen seiner Mächtigkeit die Bezeichnung „Goliathsgrab" trug.

löhner, die Kinder mussten auf dem Feld und im Stall mithelfen, solange sie sich auf den Beinen halten konnten. Die Familie hatte nicht mehr, als gerade satt zu werden.

Eines Tages war Brohsius ganz in der Nähe vom „Schwarzen Teich" damit beschäftigt, von den geschlagenen Bäumen die Rinde abzuschälen, die zum Trocknen aufgesetzt und für das Gerben von Häuten verwendet werden sollte.

Eine Kate in der Oberen Gasse

Über Nacht hatten Wind und Wetter, welche den wilden Jäger bei seinen Nachtausflügen begleiten, zusätzlich unter den Waldbäumen arg gehaust.

Wie nun der Holzhauer rüstig seiner Arbeit nachging, stand plötzlich, wie aus der Erde gewachsen, ein kleines Moosfräulein vor ihm und bat ihn flehentlich, schnell drei Kreuze in die Rinde eines Stammes zu hauen. Der Holzfäller erfüllte die Bitte des kleinen Holzweibchens. Dann setzte sich das Moosfräulein schnell auf die drei Kreuze und erzählte, wie sie schon drei Tage lang vom wilden Jäger verfolgt würde, der nun aber keine Macht mehr über sie haben könne, weil sie auf den Kreuzen säße.

Der arme Waldarbeiter hatte Mitleid mit dem armen verfolgten Wesen. Als er sein Vesperbrot auspackte, bot er dem Moosfräulein ein Stückchen davon an. Das nahm dankend das Brot und schien tüchtig Appetit zu haben, denn es aß es ganz auf.

Am Abend, als der Holzfäller nach Hause gehen wollte, füllte das Moosfräulein seine leere Brottasche mit Laub und Holzspänen voll, wohl um sich dem freundlichen Mann gegenüber dankbar zu zeigen. Der sah dem merkwürdigen Treiben ruhig zu, und weil das kleine Geschöpf ihn dabei mit so treuherzigen Augen anblickte, ließ er es auch gewähren, ja er nahm die wertlose Gabe dem freundlichen Wesen zuliebe sogar mit nach Hause.

Unterwegs nahm seine Bürde an Schwere zu, so dass er die Brottasche schon ausschütten wollte. Doch der Gedanke, das Moosfräulein könnte ihm darob zürnen, ließ ihn den Beutel erst daheim entleeren, inmitten der Seinen, der Frau und der fünf Kinder. Da wollte jetzt die Freude und der Jubel kein Ende nehmen, hatten sich doch das Laub und die Späne in blanke und klingende Goldstücke verwandelt.

So hatte das Moosfräulein das gute Herz des Mannes reichlich belohnt.

———————————————————

Noch in der Mitte des 20. Jahrhunderts wohnte im Rentmeisterhaus ein Brohsius mit seinen Töchtern, die waren Weißnäherinnen. Der große alte Brohsius, immer mit einer blauen Arbeitsschürze angetan, deren einer Zipfel unter das Schürzenband geschoben war, war der letzte Ofenheizer im Ebersdorfer Schloss.

Die Geschichte mit der Feldhauserin

Wenn wir glauben, der siebenjährige Krieg 1756 – 63, der auch der Schlesische Krieg genannt wird, habe sich zwischen Preußen und Österreich nur in Schlesien abgespielt, so irren wir. Es ging zwar um die endgültige Herrschaft in Schlesien, die schließlich Preußen zufiel, der Krieg aber nahm eine weltweite Ausdehnung an und bezog England und Frankreich einschließlich ihrer Kolonien Nordamerika, Indien und der Philippinen mit ein.

Auch Russland war an dieser Auseinandersetzung zwischen dem Königreich Preußen und der K. u. K. Monarchie Österreich-Ungarn beteiligt und wendete das Kriegsglück schließlich zu Gunsten des Preußenkönigs Friedrich II., in dem es nach dem Tode der Zarin Elisabeth 1760 die Seiten wechselte.

Auch das Land der Reußischen Grafen wurde unmittelbar betroffen! Zwar wurden hier schleunigst alte Grenztafeln ausgewechselt, um damit die reichsständische Stellung, die Neutralität in diesem Konflikt, anzuzeigen und durch Anschläge auf das Verbot hingewiesen, Deserteure zu unterstützen. Das Kriegsgeschehen ließ sich dadurch aber nicht vom Lande abhalten.

In allen Kriegsjahren wurden sowohl von der einen wie der anderen Kriegspartei Forderungen nach Rekruten, Lehenshilfe, Ablösegeldern, Fourage[27], Vorspannpferden, Brot, Kontributionen von Zehntausenden Talern und von Winterquartieren gestellt. Die von den Werbern bedrängten jungen Männer versteckten sich in den Wäldern. Einmal musste sogar die Reußische Landesregierung von Gera nach Lobenstein flüchten, nur um das nackte Leben zu retten.

Inzwischen sind rund 250 Jahre vergangen und somit auch 15 Menschengenerationen. Die Landschaft hat sich vielfach verän-

---

[27] Verpflegung für die Truppe und Futter für die Pferde

dert. Vielleicht hat sie aber auch versteckt Hinweise auf längst vergangene Tage aufbewahrt.

So wurde in den 1970-er Jahren der von der „Linde" herunter komende „Goldbach", der letzten Endes sein Wasser in den Zoppotener Mühlteich führt, „verrohrt", d.h. in die Tiefe verlegt, und über ihm entstanden große zusammenhängende Ackerflächen. Lediglich einige große Weidenbäume mitten in gelb-reifen Kornfeldern ließen auch den Laien darauf aufmerksam werden, dass hier der ursprünglichen Natur Gewalt angetan wurde.

Die „Renaturierung" will nun Voraussetzungen schaffen, dass hier das Leben wieder weitgehend ohne menschlichen Einfluss walten kann. Dem widersprechen die Jagdkanzel und inzwischen auch die intensive Beweidung bis direkt an die alte Uferlinie sowie der Eintrag von Kunstdünger in dieses schmale Schutzgebiet.

An einer Jagdkanzel in der „alten Ruh" wird der aufmerksame Spaziergänger Reste eines kleinen Hauses finden, wohl um 1900 mit maßhaltigen Steinen neu errichtet und gedeckt von Brennnesseln sowie dem Stamm und den Zweigen eines alten Apfelbaumes.

So könnte es gewesen sein.

Der alte Apfelbaum

Zwischen der mit dichtem Buchenwald bewachsenen und nach Abend hin abfallenden Leite und dem zur Schneeschmelze regelmäßig überschwemmten „Goldbachtal" bot ein schmaler Rangen seit Generationen gerade Platz genug für eine kleine Hütte.

Als der alte Feldhauser sich mit seinem Sohn hier niederließ, nutzten sie einen alten Siedlungsplatz, der ihnen vom Unterzoppotener Vogt zugewiesen worden war. Sie trugen Steine für ein einfaches Fundament zusammen, schafften sich ein Dach über dem Kopf, arbeiteten als Waldläufer für den Gutsherrn und bauten auf dem schmalen Feldstreifen einen nur dürftig gedeihenden Roggen an. Insgesamt ein einsames und schweres Hungerleben.

Das milderte sich erst etwas, als der jüngere Feldhauser, ein ruhiger und sehr zuverlässiger Mann, mit Beginn der Truppendurchzüge vom Vogt für Botengänge eingesetzt wurde, um als unauffälliger Läufer Nachrichten zwischen den kleinen Residenzen sicher hin und her zu tragen. Das war schon ein Jahr bevor 1757 die regelmäßige Botenpost zwischen Lobenstein, Schleiz und Greiz eingerichtet wurde.

Die beiden Feldhauser erreichten dadurch einen gewissen Wohlstand; der Junge brachte eines Tages sogar eine Ziege mit in diese
Abgeschiedenheit und der Alte baute für diese hinter der Hütte

einen Stall, der so fest war, in der Nacht auch dem Wolf zu widerstehen. Neben der Tür pflanzte er ein Apfelbäumchen.

Die alten Mauern des Hauses

Der bescheidene Wohlstand verführte den Jungen dazu, sich eines
Tages ein Frau – eben die Feldhauserin – mit in die „alte Ruh" zu
bringen und alle drei und die Ziege lebten gut miteinander.

Die Kräfte des Alten nahmen deutlich ab und da der Junge häufig
mit Botengängen unterwegs war, blieb der jungen Frau nicht nur
die Haus- und Feldarbeit, sondern auch die Versorgung des alten
Feldhausers, der sich bald nicht mehr von seinem Strohlager erhe-
ben konnte, schließlich auch starb und begraben wurde.

Nun war die Feldhauserin die meiste Zeit alleine, wurden von
ihrem Mann mit Zunahme der unterschiedlichen Besatzungen des
Landes doch immer weitere und gefährlicher werdende Botengänge
verlangt.

Lediglich der Zoppotener Schäfer, ein schon älterer und wohl auch
ein „mit allen Wassern gewaschener" Mann, hielt eine lockere

Verbindung aufrecht, wenn er sich abseits der Wege mit seiner Herde ins Goldbachtal schlich. So hatte er mit viel Schläue seine Herde immer um Fouragefuhren, fremde Reiter und marodierende[28] Soldaten herum sicher auf ein Stückchen grüne Wiese bringen können.

Es mag das Jahr 1760 gewesen sein, da musste er der Feldhauserin auch die Nachricht von Tode ihres Mannes überbringen. Eine Schwadron[29] Preußen hatte ihn bei einem Geplänkel an der Eisbrücke bei Burgk überritten. Trotz der Abgeschiedenheit ihrer Hütte wollte die Feldhauserin nicht zurück ins Dorf und der Schäfer versprach ihr seinen weiteren Beistand.

Der Apfelbaum vom alten Feldhauser hatte sich gerade über und über mit blassrosa Blüten geschmückt und unzählige Insekten angelockt. Als sich dann der Apfelbaum von den schwachen Früchten getrennt hatte und nun alle seine Kraft in die verbliebenen gesunden steckte, stellte sich für die Feldhauserin eine große Lebenswende ein.

Die Feldarbeit hatte heute der Feldhauserin fast alle Kräfte geraubt. Sie saß erschöpft auf der Schwelle und blinzelte in die warme Sonne. Plötzlich riss sie die müden Augen auf. Was bedeuteten die bunten Tupfer einer Uniform im fernen Gebüsch, die sich bewegten und von der „Pfütz" her näher zu kommen schienen? Sie zog sich hinter die Tür zurück und beobachtete die Bewegung durch einen Spalt.

Zwei Männer kamen auf die Hütte zu und die Feldhauserin hatte schon nach einem Karst gegriffen, als sie den Schäfer in Begleitung eines österreichischen Soldaten erkannte, die gemeinsam das Tälchen herauf kamen. Den Karst stellte sie wieder an die Wand.

Pawlič war ein kräftiger junger Mann aus dem ungarischen Teil Kroatiens, das der k.u.k. Monarchie verpflichtet war. Er hatte sich nach einem Streit mit seinem österreichischen Korporal „von der

---

[28] plündernde
[29] Kleinste Kavallerieeinheit

Truppe entfernt", war nun einer der vielen Fahnenflüchtigen, die das Standgericht oder zumindest das Spießrutenlaufen fürchten mussten und daher das Ende des Krieges lieber in den Wäldern abwarten wollten.

Er hatte große Freude, wieder in Wald und Feld der Arbeit nachzugehen. Nachdem er seinen kecken Bart abgenommen und den Bauernkittel angelegt hatte, die Ziege und das Haus versorgte, war nun wieder ein Mann im Haus.

Zwischen der Feldhauserin und Pawlič entstand bald eine Vertrautheit. Sie fühlten sich zusammengehörig und in die abgelegene Hütte zog noch einmal ganz unverhofft das Glück ein. Als der Apfelbaum ein nächstes Mal im vollen Blütenschmuck stand, hörte man eine kräftig krähende Stimme, die auch dem Schäfer ein wohlwollendes Strahlen abverlangte.

Kein Glück aber währt ewig. Pawlič hielt es schließlich doch nicht mehr in der Einsamkeit aus. Es zog ihn zurück in seine kroatische Heimat.

So brachte ihn der Schäfer nach einem bittersüßen Abschied von seiner Feldhauserin zu seinem Bruder nach Oschitz, der hatte ihm versprochen weiter zu helfen.

Da der Schäfer auch geglaubt hatte, niemand habe ihn mit dem Fremden beobachtet, war er doch zunächst verwundert, als ihn am nächsten Tag eine Weiberstimme fragte: „Mit wem warschten gestern unterwegs?" Ein listiges Grinsen lief über sein wettergefurchtes Gesicht. Er kniff das rechte Auge etwas zusammen und flüsterte: „Das war der Stuhfels!"

Als der Friede von Hubertusburg im Februar 1763 diesen Krieg beendet hatte und es im Goldbachtal sehr kalt geworden war, suchte die Feldhauserin mit ihrem Söhnchen wieder einen Unterschlupf im Dorf. Das gedieh trotz böser Weiberreden ganz prächtig und noch heute meint mancher gelegentlich bei diesem oder auch jenem Zoppotener ein bisschen „was Kroatisches" entdecken zu können.

Der letzte Tag des Ruhmüllers

Unser Heimatforscher Robert Hänsel (1884 – 1962) hat uns überliefert, dass der Ruhmüller Julius Ritter im „nassen Birkicht" erfroren ist. Da es bisher keine weiteren Quellen gibt, kann uns vielleicht die Legende eine Annäherung an die Tatsachen erbringen.
Zumindest aber verhindert sie, dass ein Stück Heimatgeschichte
verloren geht. Möglicherweise spielte sich die Tragödie ganz am
Anfang des 19. Jahrhunderts ab.

Schon Ende 1799 hatte es nach einem schlechten Jahr eine so große
Kälte gegeben, dass mehrere Menschen in ihren Häusern erfroren
waren. Die unruhigen Jahre zum Ausgang des 18. Jahrhunderts
waren auch im Reußischen Oberland zu spüren gewesen. Die
Schlacht bei Austerlitz, in der Napoleon Österreich und Russland
besiegte, warf die Schatten großer politischen Umwälzungen in
Europa voraus.

Trotz der großen Not im Lande zahlte der Reichsgraf Heinrich LI.
im Jahr 1805 für das Fürstendiplom einschließlich des neuen Wap-
penbriefes 12000 Taler, damit er im April 1806 durch den letzten
Kaiser des Heiligen Römischen Reiches Deutscher Nation, Franz
II. (1768 – 1835) in den Fürstenstand erhoben werden konnte.

Auch hatte es im Jahr 1805 zur Erntezeit im Oberland unentwegt
geregnet, so dass „das Korn auf dem Halm ausgewachsen" und
damit für die Ernährung der Menschen nahezu unbrauchbar geworden war.

Die alte Ruhmühle, links der Saale und innerhalb der Landesgren-
ze von Reuß Ältere Linie gelegen, hatte nur einen einzigen Nachbarn, das „Silberknie" rechts der Saale auf dem Gebiet von Reuß
Jüngere Linie als Zechenhaus der Alaunzeche „Christiansglück".
Der Marktort war Ebersdorf, das seit 1700 mehrere Märkte be-
sorgte.

Mancher der Schönbrunner Bauern, denen die Ruhmühle als Zwangsmühle zugeteilt war, nutzte mit seinem Gespann nicht die Handelsstraße durch den Pohlig, sondern lenkte die kostbare Körnerfracht am Ebersdorfer Mühlgraben entlang.

Wir wissen, dass die Ebersdorfer Wassermühle wie auch die Windmühle seit 1767 im Besitz des Nachbarn Kühn aus Zoppoten war.

Da wird wohl mancher sein Korn gleich hier abgeladen haben. Damit ersparte er sich den mühsamen und felsigen „Ruhmühlenweg". Voraussetzung war es natürlich, dass am Schlagbaum vor dem „Löwen" kein Verdacht geschöpft worden war.

Die Müller alter Tage wurden vielfach als wohlhabende, meist auch als wohlbeleibte und reiche Männer dargestellt. Viele sollen Schlitzohren gewesen sein, die den Mahlgast nach Strich und Faden betrogen haben, weshalb die Müller bis zum Jahre 1577 zu den „unehrlichen Handwerkern" gezählt wurden.

Natürlich traf das auch damals nicht auf jeden Müller zu. Und, wenn die Ernte schlecht war, der Bauer kein Korn zu Mühle brachte, hatten Müller, Müllerin, Müllers Kinder und Müllers Knechte auch nichts zu beißen.

Im Jahr 1805 kam Eins zum Anderen. Die Ruhmühle hatte so wenig Arbeit, dass der Müllerssohn ausziehen musste. Beim „Spanier" bekam er Arbeit in der Sägemühle.

Der Hofhund „Pcylax"[30], schon lange im Wachdienst der Ruhmühle ergraut, war eines Morgens auf dem Hausstein der Mühle liegen geblieben und regte sich nicht mehr. Von hier aus hatte er viele Jahre den Hof überblickt und bewacht, nachts regelmäßig seine Runden um das ganze Gehöft gemacht und insbesondere aufgepasst, dass sich der Wolf von den Hühnern fern hielt.

---

[30] Wächter (lat.)

Nun war der alte, rot getigerte Kater zum Herrscher über den Hof geworden. Von seinem Mut zeugten die im Kampf zerrissenen Ohren.

Nicht einmal für ein Paar neue Schuhe, die Frau Anne dringend benötigte, hatte das Geld gereicht. Und zu allem Unglück kam noch hinzu, dass die kleine Marie, eine Nachzüglerin von gerade mal zwei Jahren, kurz nach Weihnachten angefangen hatte zu kränkeln. Das Kind, an dem der Vater mit aller Liebe hing, hatte die Freude am Spielen verloren, klagte über Bauchschmerzen, hustete und wollte gar nicht mehr auf den Hof gehen.

Einmal war die Hebamme mit einem der seltenen Kornkarren aus Schönbrunn gekommen und hatte die Kleine angesehen, während die Männer beim Schroten waren. Sie gab den Ratschlag, dem Kind ein Süppchen von jungen Täubchen zu machen, das würde ihm bestimmt gut tun.

So waren der Januar und fast auch der Februar vergangen. Frostnächten folgte plötzlich Tauwetter, wenn am Abend der Wind das Geläute der Brüder aus Ebersdorf ins Saaletal getragen hatte. Die Eltern vergingen fast vor Sorge um ihr liebes Mädchen.

Obwohl es nach einige Tagen offenen Wetters, bei dem im Mühlgraben auch „Zoppotener Fischeln" ins Netz gegangen waren, eine kalte Nacht gegeben hatte, hielt der Müller an seinem Entschluss fest, die „Fischeln" zu Geld zu machen. Noch bei Dunkelheit, während die Frau am Morgen zum ersten Mal in den Stall ging, war er mit der schweren Bütte auf dem Rücken aufgebrochen.

Der hagere Mann durchquerte die Saalefurt mit den Wasserstiefeln. Nachdem er diese unter der Linde abgestellt hatte, ließ ihn ein Blick hinauf zum Zechenhaus einen schmalen Lichtspalt aus dem Ziegenstall wahrnehmen; da waren die Zechenleute wohl schon beim Melken.

Vom Mühlenhof sah man kein Licht mehr und plötzlich wurde dem Müller erneut bewusst, dass auch der treue Hund ihn nicht mehr begleiten würde. Er nahm den Pfad nach rechts, der den großen Saalebogen um den „Hopfgarten" abschneidet und war froh, dass die Leute vom „Rödelshammer"[31] ihm die „Fischeln" abnahmen, wenn er auch den Preis ein wenig hatte nachlassen müssen. Der Weg zum „Neuhaus", dem „Schlösschen" oder gar nach „Rödelsgrün" wäre mit der Last und bei diesem Wetter gar nicht möglich gewesen. Auch hätte der lange Weg so viel Zeit gekostet, dass der Gang zum Markt nicht mehr zu schaffen gewesen wäre. Den hatte er sich für den heutigen Sonnabend fest vorgenommen. Die Anne musste endlich zu ihren neuen Schuhen kommen.

Der Müller hatte sich am Herdfeuer ein wenig aufgewärmt und schwatzte noch mit den Rödelsleuten, war doch einer von ihnen gerade aus Bayern mit neuen Nachrichten zurückgekehrt. Im alten Frankenland hatten sich bayerische und französische Regimenter versammelt. Das konnte nichts Gutes bedeuten!

Der Müller trat im kalten Morgenlicht seinen Rückweg an. Aus dem Warmen kommend, merkte er nun, dass die Füße kalt und nass geblieben waren. Das Laufen fiel ihm schwer, aber die Erwartung, die kleine Marie würde bald ausgeschlafen haben, trieb ihn zur Eile.

Frau Anne hatte, nachdem sie mit dem Melkeimer in der Küche zurück war, die Glut wieder entfacht und für Marie etwas Warmes gekocht.

Jetzt sitzt sie, den Rücken gegen die Wand und die Füße gegen den Herd gestemmt, auf der Fußbank. In der zwischen ihren Knieen gespannten Schürze liegt die Kleine wie in einem sich wiegenden Bettchen.

Durch das kleine Fenster, in dem das Talglicht steht, dem Vater den Heimweg zu zeigen, sieht immer noch die Nacht herein.

---

[31] Auch Polischhammer genannt

Dann hört man Tritte auf dem Hausstein, die Matsch und Schnee von den Schuhen schütteln, und wie die Watstiefel an ihren Platz gestellt werden. Die Tür geht auf; durch den ersten Spalt schlüpft der Kater herein, dem es draußen zu unfreundlich geworden ist. Er springt aufs Fensterbrett. Der Müller muss den Kopf unter dem Türbalken beugen.

Maria springt ihm entgegen und umklammert freudig jauchzend seine Knie. Der Vater hebt sie auf, beide sehen in den grauenden Morgen; Maria pustet das Licht aus.

Mutter Anna war inzwischen aufgestanden, sie hatte sich auf die abgeräumte Wasserbank gesetzt und für Julius Platz gelassen. Der setzte sich, nachdem er nachgelegt hatte, zog die Fußbank vor das Ofenloch und legte die Füße darauf.

„Willst Du bei dem Wetter wirklich nach Ebersdorf?" beginnt sie. „Unbedingt, heute kommt doch der Schuh-Fritze aus Auma. Du musst endlich ein Paar neue Schuhe haben! Gib mir mal schon das Maßhölzchen dafür." Anna langte nach einer Schleiße, die sie auf die Länge ihrer Füße gekürzt hatte.

Marie hat sich auf den Schoß ihres Vaters gesetzt. Über das Gesicht des Müllers geht ein leichtes Lächeln; er sieht auf den Scheitel des Kindes. Wie schön, trotz der traurigen Zeiten, mit den Lieben so eng und vertraut zusammen zu sein. Ich werde wohl beiden etwas mitbringen können.

Nun hatte er keine Ruhe mehr. Die Füße fühlten sich wieder warm und trocken an. Mit trockenen Schuhen und Fußlappen, angetan mit Joppe, Schal und warmer Mütze und dem Rucksack auf dem Rücken ließ er Frau, Kind und Kater im Hause zurück. Als er sich umdrehte, winkte er ein letztes Mal zu dem Fenster, hinter dem die drei ihm nachschauten.

Da, wo die Feldflur an den Wald grenzt, bleibt er einen Augenblick stehen, die Mühle ist durch das Grau des frühen Tages nur noch schemenhaft zu erkennen. Hier liegt seit dem vergangenen Jahr „Scylax".

Nach einem Anstieg kommt der Müller an die Stelle, an der die Karren zwei tiefe Rinnen in den felsigen Untergrund geschliffen haben. Hier kommt ihm eisiges Schmelzwasser entgegen, so dass er gerne auf die Wangen des Hohlweges ausgewichen wäre. Dort aber liegt der Schnee so hoch, dass ein Vorankommen noch schwieriger geworden wäre. Der Müller bleibt im Hohlweg und nimmt es hin, dass das eisige Wasser erneut durch die Schuhe eindringt.

An der Stelle, wo von rechts der Weg von Zoppoten einmündet, nachdem er im Tal den „grünen Bach" durchquert hat, steht das mit Schlamm vermischte Schmelzwasser knöcheltief. In der Zufahrt zum „Hartebruch" ist ein Karren stehen geblieben. Der Müller zieht den hinteren Schützen heraus und setzt sich auf die Ladefläche. Eine kurze Verschnaufpause würde ihm gut tun. Es ist ihm eine Wohltat, Rücken und Beine wieder einmal zu strecken. Er empfindet, dass wieder Leben in die kalten Füße kommt.

Nasser Schnee fällt klatschend von den Fichten und klingt in seinen Ohren wie das Flügelklatschen auffliegender Tauben. Mit der eiskalten Rechten fährt er in die Joppe und fühlt die Wärme des Herzens. Ein leises Lächeln geht über sein Gesicht, während er sich vorstellt, dass die kleine Marie die Täubchen vielleicht würde fliegen lassen.

Der Müller rafft sich auf und ist froh, nach dem kräftezehrenden Marsch endlich den abschüssigen Kirchplatz in Ebersdorf erreicht zu haben. Das schlechte Wetter hat aber nicht nur Kunden, sondern auch die meisten Händler abgeschreckt. Nur einer der Königseer Pflastermacher war da, hatte seine Ware nahe der Schmiede in einem Tragekorb ausgestellt und war bemüht, sie vor dem Schneeregen zu schützen. Die Leitermänner aus Hermsdorf und die Samenhändler, deren Ware nun bald gebraucht wird, waren ganz ausgeblieben. Aus Nordhalben war einer da, der Wetzsteine anbot.

Wenigstens der Schuhhändler war gekommen; frierend trat er von einem Fuß auf den anderen und war froh, dass der Müller sich als Kunde erwies. Nach dem die Schleiße gut in eines der Paare hinein passte, waren beide bald handelseinig. Der Müller steckte die Schuhe in den Rucksack, der Aumaer die kalten Hände mit dem Geld in die Joppentasche.

Der Vetter aus Neundorf, der die Täubchen bringen wollte, war auch nicht gekommen, hatte aber seine beiden Buben geschickt. Die fragte er: „Was sucht ihr auf dem Markt?" Und als die beiden Buben antworteten „Mir kaf'n sich fern Fünfer Feierstänla", ging doch ein Lächeln über sein Gesicht und er fuhr den Jungs mit der Hand über die Wuschelköpfe. „Grüßt den Heinrich von mir!" Die Beiden nickten zustimmend und machten sich auf die Suche nach den Streichholzmännern vom Thüringer Wald.

Nach ein paar Worten mit den Schmiedegesellen, die gerade ein großes glühendes Werkstück im Dorfbach härteten, machte sich der Müller auf seinen Heimweg.

Der steile Weg an der Hartmannsleite hinauf fordert die Reste seiner Kraft. Er merkt, dass nicht nur das diesige Wetter ihm die Sicht verschleiert, vielmehr seine zunehmende Schwäche den Blick trübt. Als er die Heerstraße überquert, ist es sein Streben, den Karren am Steinbruch zu erreichen. Ausruhen. Kräfte sammeln.

Mit der kalten Rechten fährt er in die Joppe, fühlt die letzte Wärme seines Herzens, während das Trugbild eines auffliegenden Täubchens ihm die Erinnerung an die kleine Marie noch einmal ein schwaches Lächeln auf das Gesicht zaubert. Dann schwinden ihm die Sinne und er gibt sich einer unendlichen Müdigkeit hin.

An diesem Abend warten die Müllerin und die kleine Marie vergebens auf den Müller.

Der Ruhmüller Julius Ritter wird am folgenden Tag, einem Sonntag, von seinen Freunden, die nach ihm suchen, im „nassen Birkicht"[32] tot aufgefunden.

---

[32] Siehe auch „Das Geheimnis im 'nassen Birkicht'" auf Seite 98

Über das Brauen und den Verlust der Lobensteiner Brau-Gerechtsame

Seit alters her ist das Bier ein alltägliches Getränk, hergestellt mit den unterschiedlichsten Zutaten, die nicht nur den Durst stillen sollten. Birkensaft, Schafgarbe und Wacholder dienten zur Geschmacksverbesserung. Die Gabe der alten heidnischen Kornmutter, das Mutterkorn, welches das heilige Antoniusfeuer[33] in den Trinkern entfachte, war schon gefährlicher, wenn auch die Wehmutter drei der Körner der Gebärenden gab, um die Wehen zu fördern. Im Bier erzeugte es Halluzinationen und ließ im Hirn Dämonen sich ausbreiten.

Das Tollkraut im Bier, das wir heute Bilsenkraut nennen, erzeugte in den Köpfen wahre Höllenfahrten. Dieser rötliche Trunk, der starken Durst verursachte, konnte Hexenweiber in Werwölfe verwandeln. Darüber kann man lesen: „Es versammeln sich allewege eine größere Schar der Menschen, die zu Wölfen werden, in der heiligen Christnacht, welche dieselbe Nacht grausam wüten, nicht allein wider das Vieh, sondern auch wider das menschliche Geschlecht selbst. Sie würgen Mensch und Vieh und saufen alle Bierfässer leer."

Das Tollkraut, das zum Aufbessern „schwacher Biere" Verwendung fand, war aus diesem Grund in Mittelfranken schon 1501 verboten worden; Bayern stellte seine Verwendung 1649 unter Strafe. Auch der „Narrenschwamm", den wir heute Fliegenpilz nennen und der als „Rabenbrot" den beiden Raben des heidnischen Gottes Wotan als Nahrung diente, sollte nicht mehr als Bierzutat verwendet werden.

Schließlich war am 24. April 1516 das bayerische Reinheitsgebot erlassen worden, das alle bisherigen Zutaten zum Bier wegen ihrer „unchristlichen Wirkung" verbot und den Hopfen als einzige

---

[33] Vergiftung durch Mutterkornalkaloide

84

christliche Bierwürze zuließ, obwohl er als Aphrodisiacum, als Potenzmittel galt.

Schlagartig stieg der Hopfenbedarf und rechts der Saale wurde ein „Hopfgarten" angelegt, der insbesondere den vielen kleinen Braustuben in „Saale-Polynesien" diente und der „Gagelmann[34]", der früher gelegentlich auf der Handelsstraße seine Gagelsträucher für das „Grut-Bier" anbot, wurde nie mehr gesehen.

Das Braurecht, das dem Brauer und seiner Gemeinde wegen der Steuereinnahmen großen Gewinn versprach, wurde von der Landesherrschaft an die Städte vergeben. So hatte auch Lobenstein das Braurecht in einer Urkunde verbrieft bekommen. Der Lobensteiner Bürgermeister schickte Späher in die Dörfer seiner Bannmeile, die z.B. auch Unterlemnitz und Ebersdorf umfasste, wo diese nach Bierdunst schnuppernd durch die Gassen schlichen.

Bestätigte sich der Verdacht auf unerlaubtes Bierbrauen, kannte der misstrauische Bürgermeister keine Gnade. Er schickte seine Büttel aus, welche die Braustuben erbrachen, das Bier auf den Boden schütteten und die Bottiche zerschlugen. Nachbarn, die ihre Habe retten wollten, wurden grün und blau geschlagen. Immer wieder herrschte Bierkrieg zwischen Lobenstein und den im Bannkreis liegenden Dörfern und Einzelsiedlungen, ein aus dem tiefen Mittelalter kommendes Rechtsdenken, das Gebot des Meidens.

Nun gab es in Ebersdorf ein schlaues Bäuerlein, das erlauschte alle Geheimnisse, seine flinken Augen sahen durch drei Paar Hosen, er war überall und nirgends, tauchte unvermittelt auf und war plötzlich wieder verschwunden. Wenn die Alten sich recht entsannen, hieß er Max. Er schaffte auf dem Vorwerk, wohnte dort mit Frau und Kindern in einer Kate, hatte aber auch ein Stückel Feld, auf dem er den russischen Roggen ausgesät hatte. Der brachte Futter für die zwei Ziegen und im nächsten Jahr Korn fürs Brot.

An einem Sonntag im zeitigen Frühjahr, wegen der großen Nässe war an Feldarbeit nicht zu denken, sagte er zu seiner Frau: „Eich

---

[34] Händler für die Gagelsträucher, einer früheren Bierzutat

gieh zur Muhm" und damit machte er sich auf der „Huhle" hinunter zur Tante in „Lommesteen".

Die hauste in einer winzigen Kate hinter der Mauer. Der kleine Hof war gerade so groß, dass ein Apfelbäumchen darin Platz fand, unter dem einige Hühner scharren konnten. Wegen des Regens saßen die heute aber auf der Stange.

„Muhm, eich bins, dr Maxl" rief er in die Stube hinein. Die Tante konnte kaum noch ihren Strohsack verlassen, sie hörte schwer und sah schlecht. „Schie, das d kumme bist" war ihre Antwort und sie nahm mit dankbarer Miene ein Stückchen Striezel, den der Max mitgebracht hatte.

Draußen wurde es plötzlich laut. Aus dem Nachbarhof, der durch eine hohe Mauer abgegrenzt war, hörte man einen erregten Wortwechsel zwischen zwei Männern, in den sich gelegentlich auch eine Frauenstimme einmischte. Es ging dabei ums Bierbrauen, das Brauprivileg der Stadtbürger und die Unbotmäßigkeit des Saalehammers rechts der Lemnitz[35].

Der angrenzende Hof war der des Lobensteiner Bürgermeisters. Schon bei den ersten Worten wusste Max, wer an der Unterhaltung beteiligt war: der Bürgermeister, der Hammermeister vom Saalehammer, der für seine Knechte brauen wollte und schließlich die Frau des Bürgermeisters, die von diesem ins Haus geschickt wurde, das „Regal" zu holen, womit er die Urkunde für das Braurecht meinte.

Kaum hatte Max sich in seiner Neugier der Tür in der Mauer genähert, entfernte sich das laut geführte Gespräch auf der anderen Seite, so dass Max die Tür einen Spalt aufmachte, um hinüber zu spähen. Da trieb ihm ein Windstoß ein Stück nasses Pergament vor die Füße. Erschrocken hob er schnell das Schriftstück auf und schloss die Tür. Und kürzer als sonst war sein Abschied von der Muhme, denn er konnte gar nicht schnell genug davon kommen.

---

[35] Lemnitzhammer war damals eine Siedlung mit Gutshof, Bergbau, Eisenverarbeitung, Mälzerei und Brauerei.

Hastig hatte Max das Tor passiert, dem Wächter nur einen einzigen Blick zugeworfen. Dann sah man seine hagere Gestalt zur Mühle hinauf steigen, während die aufkommende Sonne Hose und Kittel zu trocknen begann. Bei den „Drei Linden" setzte er sich auf einen Holzblock, der wohl dem Henker dazu diente, den Delinquenten schnell in den Strang fallen zu lassen.

Nachdem er sich durch einen Rundumblick vergewissert hatte, dass er hier allein war, nahm er vorsichtig seine Kappe ab und aus ihr das ihm zugeflogene Pergament. Er drehte es mehrmals hin und her, versuchte die ihm bekannten Buchstaben zusammenzusetzen, wurde aber aus dem Ganzen nicht schlau und ließ es schließlich wieder unter der Kappe verschwinden.

Sinnend blieb er noch eine Zeit sitzen und schloss die Augen. Als er sie wieder öffnete, fiel sein Blick auf das Dreiholz, an dem der am Vortag Gehenkte im Wind baumelte. Ein Anblick, der ihn aber nicht weiter berührte. Aber dem Manne fehlte ein Mittelfinger, das hatte sein scharfes Auge sofort erfasst, bildete sich doch der Gehenkte scharf wie ein Scherenschnitt gegen den Himmel ab.

Max machte sich nun schnell auf den Weg und als er am Rittergut angekommen war und die Bohlenbrücke zum Hof überschritten hatte, lief er zu Herrenhaus[36]. Als er beim alten Draxdorf eintreten durfte – der Max war ja sein Kundschafter und fast immer willkommen – brannte in der Dämmerung schon eine Kerze. Erst stand er in der Tür, die Kappe mit beiden Händen vor der Brust haltend. Die vierschrötige Gestalt des Gutsherrn mit gerötetem Gesicht und mächtigem Rauschebart winkte und Max trat an den Tisch. Hier brachte er das Pergamentstück aus der Mütze, reichte es dem Alten und erzählte wahrheitsgemäß, dass ihm der Wind dieses „Stückel" vor die Füße geweht hatte. Auch verschwieg er nicht, dass dem Gehenkten ein Mittelfinger gefehlt habe.

Draxdorf überflog die Zeilen rasch, kniff dann die Augen zusammen und las noch einmal, Buchstabe für Buchstabe. Tatsächlich!

---

[36] Vorläufer des ersten Schlossbaus

Vor ihm lag eine mit herrschaftlichem Siegel versehene Urkunde, die ihrem Inhaber Brau- und Schankrecht zusichert. Draxdorf belohnte den Max reichlicher als sonst, hielt es aber für richtig, den Inhalt der Urkunde größtenteils für sich zu behalten.

Inzwischen war in Lobenstein das Geschrei groß. Auf der Suche nach dem verschwundenen „Regal" war der Bürgermeister natürlich auch durch die Tür in der Mauer zur Muhme von Max hinüber gestürmt. Aber das Stück Striezel aus Ebersdorf war inzwischen verzehrt und hatte der Schwerhörigen mit dem Gefühl der Sättigung auch einen wohltuenden Schlaf geschenkt.

Draxdorf fühlte sich durch den Besitz der Brau- und Schankrechts-Urkunde so stark, dass er nicht nur beim Brauen alle Heimlichkeit in den Wind schlug, sondern in Ebersdorf sogar die erste Schänke einrichtete. Das kann in der ersten Hälfte des 16. Jahrhunderts gewesen sein.

Lange konnte dieses despektierliche Treiben den Lobensteiner Spähern und dem Bürgermeister nicht verborgen bleiben. Ebersdorf wurde von Lobenstein schon damals mit misstrauischer Aufmerksamkeit beobachtet. Und schließlich rüstete man zu einer regelrechten Strafexpedition, die Ebersdorf nun endgültig zur Räson rufen sollte. Die Lobensteiner hatten dabei aber noch keine Ahnung davon, dass das vermisste Regal[37] nach Ebersdorf geflattert war.

─────────────────

Der Großknecht Johann war mit der Aufsicht über das Brauen betraut worden. In der Braustube des Gutes, einem ebenerdig liegenden Gewölbe mit zwei großen Toren innerhalb des Wassergrabens, war er mit Knechten, Mägden und einigen neugierigen Hütejungen bei der Arbeit. Seit einigen Tagen wurde die Rauchdarre mit gemälzter Gerste und etwas Weizen gefüllt. Unter der Dachtraufe drang der Rauch ins Freie, allen verkündend, dass es bald frisches Bier geben würde. Die gedarrten Körner wurden geputzt,

37 Hoheitliches Recht
88

auf der Handmühle geschrotet und eingemaischt. Während beim Läutern der Maische über einer Lage Stroh der Treber[38] abgeschieden wurde, war gleichzeitig auch die Würze gekocht worden. Beides zusammen sollte nun in den offenen Bottichen zur Gärung angesetzt werden.

Alle arbeiteten emsig, hatten für nichts anderes einen Blick, mussten sich nur immer wieder den Schweiß von der Stirne wischen. Da wurde der Johann durch ein Geräusch aufmerksam. Er bedeutete den anderen, still zu sein, öffnete das Tor einen Spalt und sah hinaus. Aber erst als er um die Hausecke geschlichen war, sah er, dass ein Landstreicher sich unter der Traufe zu schaffen machte und dort den Roten Hahn[39] auf das Dachstroh setzen wollte. Im Nu hatte Johann ihn an den Beinen gepackt und herunter gezogen, aber dessen Spießgesellen nicht bemerkt, die gerade über den hinteren Wassergraben kamen. Eine Weile dauerte der ungleiche Kampf ehe die in der Braustube gemerkt hatten, dass es nun ernst geworden war.

Es entwickelte sich eine lautstark geführte Prügelei, bei der die Bottiche und Siebe zerschlagen und das noch unfertige Bier auf dem Boden verschüttet wurde. Außerdem hatten die Strolche die Glut unter der Darre herausgezogen und beinahe wären alle Vorräte und vielleicht die ganze Braustube in Flammen aufgegangen.

Nachdem aber Hilfe aus Ställen, Scheunen und dem Herrenhaus zusammenlief, fanden sich bald alle Büttel aus der Stadt im Schlamm des Schutzgrabens wieder und sind von da wohl wie begossene Pudel wieder nach Hause gezogen.

Wie stolz auch die Sieger waren, Draxdorf machte ein bedenkliches Gesicht und sagte, da käme sicher noch ein dickes Ende nach.Genau so kam es. Der Lobensteiner Bürgermeister hob den Streit nun auf eine Ebene, wo man sich nur gelegentlich, nicht aber

---

[38] Rückstand
[39] Feuer

regelmäßig prügelt. Den Lobensteinern war letztlich auch bekannt geworden, was der Max schon lange wusste und dem Draxdorf gesteckt hatte. Draxdorf konnte gleich Widerpart geben, als der Advokat der Lobensteiner behauptete, die Ebersdorfer hätten einem Gehenkten einen Finger abgeschnitten. Das aber stand unter Strafe. Aus dem Mittelalter war nämlich ein inzwischen obsolet gewordener Aberglaube überliefert, dass Bier sich länger halten würde, wenn man in das Fass den Finger eines Gehenkten hinein hinge[40].

Die Lobensteiner tobten, konnten sie dem Draxdorf doch so etwas nicht anhängen. Und ihre Brauurkunde hatten sie auch nicht wieder finden können.

Endlich lässt sich die Herrschaft herbei, ein neues „Zeugnis-Register zum ewigen Gedächtnis" zu erlassen. Es wird am 12. Mai 1576 vom Ziegenrücker Notar Wolfgang Maß aufgestellt. Es enthält zwar das Braurecht, nicht aber das Bannrecht! Somit haben die Lobensteiner eine deutliche Schmälerung ihrer bisherigen Rechte hinnehmen müssen.

Im Jahre 1678 wird Ebersdorf infolge der Teilung der Grafschaft und der Erhebung Ebersdorfs zur zukünftigen Residenz von der „Oberbotmäßigkeit" der Stadt Lobenstein völlig getrennt. Dies wird am 19. Juli 1694 durch den Grafen Heinrich X. Reuß-Ebersdorf in einem „Erläuterungsrezess" erneut bestätigt.

Seither können die Ebersdorfer ihr Bier genießen ohne befürchten zu müssen, überfallen zu werden. Das schlaue Bäuerlein hat daran einen großen Anteil.

---

[40] 1792: „Eines Gehenkten Finger im Bierfass aufgehängt, schafft dem Bier guten Abgang"

Der Haidberger bleibt zurück

Anno 1732 wurden die Einwohner des Erzbistums Salzburg, wenn sie sich zum evangelischen Glauben bekannten, auf Weisung des Erzbischofs Leopold Anton Eleutherius Freiherr von Firmian aus ihrer Heimat vertrieben. Firmian hatte sich zu diesem Zwecke von seinem Hofkanzler von Rall ein auf den 31. Oktober 1731 zurückdatiertes „Ausweisungspatent" als „Rechtsgrundlage" erarbeiten lassen. Das falsche Datum war eine Anspielung auf den Tag, an dem Luther seine Thesen angeschlagen hatte.

Über das ganze Jahr 1732 verteilt verließen deshalb viele Trecks das Land Salzburg, meist mit dem Ziel Ostpreußen. Dort hatte der Pestzug der Jahre 1709 und 1710 einen großen Teil der Bevölkerung dahingerafft und die vielen frei gewordenen Höfe hatten bisher nicht wieder besetzt werden können. So war es zu einer Einladung an die Salzburger Emigranten durch den Preußenkönig Friedrich Wilhelm I. gekommen.

Einer der Züge mit rund 250 Personen war am 4. Juli in Ebersdorf von der Bevölkerung und der Grafenfamilie für mehrere Tage der Erholung vor der beschwerlichen Weiterreise freundlich empfangen worden. 80 Salzburger Flüchtlinge waren im gräflichen Schloss aufgenommen worden; sie wurden in der im Renaissancegarten gelegenen Orangerie verpflegt.

Der Hofgärtner David Drogens ist noch dabei, mit seinen Gehilfen die letzten Kübelpflanzen und Gartengeräte aus der Orangerie zur schaffen, damit Platz für Bänke und Tische wird, die von den Gutsknechten schon auf dem Kiesplatz bereitgestellt worden sind.

Nach der Begrüßung der weit gereisten Gäste durch den Grafen Heinrich XXIX. und den Hofprediger Winkler unter begeisterter Teilnahme vieler Ebersdorfer im Schlosshof sollten sie sich stärken und ihre müden Beine ausstrecken können.

In dem gepflegten Renaissancegarten, den die Exilanten durch das hintere Schlosstor, vorbei an Marstall und Küchenteich erreicht hatten, herrschte nun ein ungewöhnliches Gewimmel von Männern, Frauen und Kindern aller Altersstufen in ihren abgerissenen Reisekleidern. Alte, die einen Stock benutzten und mit tränenden Augen in die Ferne zu sehen schienen, lachende, von ihren Eltern immer wieder ermahnte Kinder, die unbeschwert miteinander spielten, mischten sich mit livrierten Dienern und Zofen, die bemüht waren, den Gästen einen herzlichen Empfang zu bereiten.

Noch ehe die vielen Menschen einen Platz gefunden hatten und das vielfältige Stimmengewirr herzlicher Wünsche, sorgenvollen Bangens und tiefer Dankbarkeit einer andächtigen Stille wich, noch ehe das gemeinsame Mahl mit einem Gebet beginnen konnte, hatte sich ein junger Mann abgesondert, hockte am Ufer des Küchenkanals und hatte den Kopf in beide Hände gestützt.

Starr schaut er in die schnell dahin fließende Friesau. In seinem Kopf wiederholt sich immer und immer wieder ein gellender Ruf: „Die Haidbergerin ist unters Rad gekommen."

Dieser Ruf läuft ihm, der das Zugende kontrolliert hatte, aus der Ferne entgegen. Je näher er der Zugspitze kommt, umso leiser werden die Rufer, bis ihm einer in seiner Nähe zuflüstert: „Du, Haidberger, Deiner Frau ist etwas passiert."

Erst da scheint er zu begreifen, dass es um seine Frau und das ungeborene Kind geht. Schneller läuft er an den Gespannen entlang, die inzwischen zum Stehen gekommen sind, bis hin zum ersten Wagen. Mit ihm alle, die sehen, helfen und beten wollen.

Die Haidbergerin hatte an einer Steigung des Weges den Ochsen die Arbeit erleichtern wollen und war abgesprungen, als die Zugtiere das eisenbeschlagene Vorderrad über eine Felsnase zogen, die das Rad plötzlich seitlich abrutschen ließ.

Unglücklicherweise war die Haidbergerin, eine junge Frau in guter Hoffnung, durch das zur Seite springende Rad an beiden Beinen getroffen worden. Zu allem Überfluss war das Handtier vor

Schreck auch noch zwei Schritte zurück getreten und damit war der Schaden noch vergrößert worden.

Haidberger, der den Zug geführt hatte, musste nun mit seiner schwer verletzten Frau im nächsten Dorf zurück zu bleiben.

Die Salzburger Flüchtlinge waren auf ihrem langen Marsch durchweg freundlich empfangen worden, doch gab es auch Gemeinden, in denen die Re-Katholisierung noch nicht zur Ruhe gekommen war und die Dörfler nur aus der Ferne den Zug beobachteten und ihre Kinder zurück hielten, wie bei einem Durchzug der Zigeuner.

Ausgerechnet in einem solchen Dorf musste er nun um ein Krankenlager bitten, fand auch fromme Leute, die in Evangelischen keine Heiden sahen. Die Kunst des Baders[41] aber reichte nicht aus, die junge Frau und ihr Kind zu retten. Beide fanden ihr Grab an der Mauer des Dorffriedhofs. Der Haidberger hatte sich schweren Herzens vom Grab losgerissen und einem anderen Zug angeschlossen, Menschen, die ihm im Glauben nah, aber im Leben fremd waren.

––––––––––––––––––

Der einsame Mann hockt noch an der gleichen Stelle, denkt an die fernen Gräber der Eltern, aber auch an die Drangsal durch die Spitzel des Bischofs, denen er doch eben erst entflohen war, an eine Frau, mit der er voller Zuversicht aufbrach, sein Glück in Ostpreußen zu suchen.

Vor wenigen Stunden waren die Salzburger an den „drei Linden" vorüber gezogen, als ihnen schon die Ebersdorfer Schulkinder mit dem Pfarrer, Männern und Frauen entgegengekommen waren, die Vertriebenen herzlich willkommen zu heißen. Da hatte der Haidberger einen der Ebersdorfer gefragt: „Was steht dort in der Ferne am Weg hinter dem einsamen Hof für ein Türmchen?" und die Antwort erhalten: „Der Pulverturm von der Zeche."

––––––––––––––––––

[41] Heilkundiger

Der Haidberger hatte über die Höhen der umgebenden Berge gesehen und fand in ihnen eine gewisse Vertrautheit und die aufkeimende Hoffnung, auch hier als Bergmann aus den Salzburger Gruben eine neue Heimat finden zu können.

Die Salzburger, die sich um die Orangerie versammelten, waren es gewohnt, dass sich der einsame Mann in seinem Schmerz gelegentlich absonderte.

Der Hofgärtner aber wird auf den stillen Mann aufmerksam und, da die Vorbereitungen für das Empfangsmahl abgeschlossen sind, hockt er sich neben ihn und spricht ihn an. Haidberger erwacht wie aus einem Traum, nimmt den Kopf aus den Händen und schaut dem Drogens ins Gesicht. Beide Männer merken sofort, dass sie durch ein Band der Sympathie miteinander verbunden sind. Der Haidberger schüttet sein Herz aus und es wird deutlich, dass er nach dem bitteren Verlust seiner Frau keine Kraft mehr hat, sich in Ostpreußen einsam und als Bauer in einem neuen Beruf zu versuchen.

Drogens kann des Haidbergers Beobachtung bestätigen, dass auch hier der Bergbau blüht, so in der Lobensteiner Zeche, im „Büffelstollen" an der Motschenmühle, in der „Zweibrüderzeche" und in den Zoppotener „Luchslöchern". Bergmannsarbeiten würden auch gebraucht bei den Wasserstollen für das Schloss und den „Felsenkeller", der im „Pohlig" gehauen werden sollte. Der Haidberger hatte sich bald entschlossen, den Zug zu verlassen, nachdem er am nächsten Morgen eine Zusage des Bergherrn im Unterzoppotener Schloss erhalten hatte.

Bei der herzlichen Verabschiedung von den Salzburgern, mit denen er zwei Wochen lang sein Leben geteilt hatte, kamen ihm noch einmal Zweifel, ob er sich richtig entschieden habe. Der Blick aber in das offene Gesicht des Hofgärtners, den er zum Freund gewonnen hatte, wischte alle Bedenken fort.

Als sich der Zug der Ochsenkarren von Ebersdorf mit dem aus Lobenstein für die Fahrt zum nächsten Ziel Saalfeld wieder vereinigte, kam die Frage auf: „Wo bleibt der Haidberger?"

Die aus Ebersdorf kommenden Salzburger antworteten: „Der Haidberger bleibt zurück."

Die alte Barbara
Eine sehr alte Geschichte

Noch bis vor 200 Jahren glaubten viele Menschen, dass der Donner durch aus dem Himmel herab fallende Steine erzeugt würde. Und es ist mindestens 6 Jahrhunderte her, dass Ebersdorf noch auf dem Berge lag.

Niemand im Dorf Schönbrunn wunderte sich, als die alte Barbara schon im Morgengrauen am oberen Teich vorbei zur „Huhle" ging. Man war es gewohnt, die Wehmutter zu jeder Tages- und Nachtzeit auf der Gasse oder auf den Landwegen zu den Nachbardörfern anzutreffen. Sie schleppte schon viele Jahre auf ihrem Buckel mit sich herum, ging deshalb gebeugt. Das Laufen fiel ihr schwer, weshalb sie sich auf einen Stab stützte. Gelegentlich setzte sie für ein paar Augenblicke den Huckelkorb auf dem Gartenstock eines Nachbarn ab, um sich dann gleich wieder auf den Weg zu machen.

Der Spitz, den ihr Mann, Gott hab ihn selig, ihr einmal von einer Kauffahrt mitgebracht hatte, war ihr auch heute gefolgt. Zunächst hatte er sie umrundet, war dann wieder an ihr hochgesprungen und hatte gekläfft. Nun aber lief er schon einige Schritte voran oder stöberte unter den Schlehdornbüschen am Wegesrand.

Trotz der Morgenkühle war es der alten Barbara schon heiß geworden; sie hatte auch einmal den Huckelkorb kurz abgenommen, auf den Boden gestellt und sich ein bisschen auf den Rand gesetzt. Der ansteigende Hohlweg nach Ebirstorf mit seinen hart getrockneten Lehmgeleisen war eine Plage. Als sie mit zittrigen Händen das Kopftuch etwas zurück schob, hätte man die klugen Augen der alten Frau im Gesicht sehen können, hinter dessen Falten eine große Lebenserfahrung stecken musste.

Der Spitz umkreiste ihre Füße und drängte zum Aufbruch. Barbara huckelte den Korb wieder auf und machte sich erneut auf den Weg.

Der Lokator, der vor langer Zeit im Auftrage des Landesherrn hierher gekommen war, den Platz für eine neue Ansiedlung festzulegen, hatte im Gegensatz zu den meisten nachbarlichen Siedlungen für die Gründung von Ebirstorf einen Bergrücken gewählt.[42] Die wichtigste Voraussetzung für eine Ansiedlung, auf einer Höhe nur selten vorhanden, war hier gegeben: Grundwasser in geringer Tiefe, in für Mensch und Tier ausreichendem Maße und insbesondere von guter Qualität, war es doch nur das Himmelswasser, das die Bergquelle füllt.

Ein weiterer Vorzug war der ganz in der Nähe liegende „Warthügel"[43], von dem man sehr schnell entdecken konnte, wenn Gefahr drohte.

Das schon mindestens 500 Jahre alte Schönbrunn im Tal war immer wieder von Marodeuren[44] geplündert worden, da man ihre Annäherung zu spät bemerkt hatte. Manche Vorratskammer fand man am Morgen leer und manches Schwein war in den Wald getrieben worden.

Ebirstorf auf der Höhe war ein kleines Adelsgut mit einer Handvoll Hintersassen. Ihre Katen drängten sich dicht am Gut um den Hohlweg und den hier kreuzenden Landweg, der vom alten Friesau kommend über den Warthügel zum „Grünen Esel" verlief.

Die alte Barbara näherte sich den ersten Hütten, als der Spitz schon auf dem Gutshof angekommen und schnurstracks zum Stall gelaufen war. Hier war das Untertor noch verschlossen und, den Durchschlupf versperrend, stand dahinter der Großknecht. „Die Wehmutter kömmt" meinte er und zermarterte sich den Kopf mit der Frage, welche Magd wohl eine Hebamme brauchen würde. Und dabei wurde es ihm plötzlich ganz heiß.

Im Dunkel des Stalles richtete sich die Gestalt des Kleinknechtes aus der Futterkiste auf, in der er gerade aufgewacht war. Der

---

[42] Die Forschung nimmt an, dass die Höhensiedlungen die frühesten waren. Deshalb ist es nicht ausgeschlossen, dass die Erstgründung von Ebersdorf noch vor der Gründung der Talsiedlungen, wie z.B. Friesau erfolgt sein kann.
[43] Bellevue
[44] Plündernde Nachzügler der Truppen

Großknecht hatte ihn schlafen lassen, war es doch Sonntag. Der Kleinknecht erwiderte: „Die alt Hex."

Der Großknecht, der gerade den Morgen begrüßt hatte, gab den Durchschlupf frei. Der Spitz fuhr mit Gekläff durch das Loch in den Stall, seine Mäuse zu besuchen.

Die Barbara ging zu des Hofmeisters Frau. Diese hatte einen Hütejungen zu ihr geschickt, zwei Kühe hatten plötzlich keine Milch mehr gegeben. Die Alte kramte in ihrem Huckelkorb einen schweren, in ein Tuch gewickelten Gegenstand heraus und beide Frauen gingen am Brunnen und am Misthaufen vorbei zu den trocken stehenden Kühen.

Der Altknecht hatte inzwischen das Tor ganz geöffnet, der Jungknecht war aus der Kiste gestiegen und auf dem Weg zur Pumpe.

Barbara strich der Kuh mit der Hand über den Hals, dann über den Rücken. Schließlich bückte sie sich unter die Kuh, während die Hofmeistersfrau den Schwanz hielt, und packte den schweren Gegenstand aus dem Tuch. Es war ein länglicher Stein. Mit ihm bestrich sie das Euter der Kuh von beiden Seiten jeweils dreimal.

Als sich die Alte wieder aufgerichtet hatte, ließ sie ihre Hand noch ein Weilchen auf dem Rücken der Kuh ruhen und sprach ihr gut zu. Dann steckte sie ihr noch eine Hand voll Kräuter zu, die sie aus ihrer Schürzentasche geholt hatte.

Nachdem die zweite Kuh ebenso behandelt worden war, gingen die beiden Frauen ins Hofmeisterhaus. Dem Großknecht, der die Behandlung der Kühe aufmerksam verfolgt hatte, fiel ein Stein vom Herzen und er ging pfeifend hinüber zum Hühnerstall.

Neben dem Pfarrer war die Wehmutter die einzige Person weit und breit in allen Dörfern, die sich mit dem göttlichen Majestätsrecht des Blitzes auskannten. Freilich hatten sie meist recht unterschiedliche Meinungen dazu.

Die alte Barbara erklärte der Hausfrau, dass beim Blitzen Steine vom Himmel fallen, die alles zertrümmern, ja sogar große Bäume der Länge nach aufspalten könnten. Eben so ein Donnerkeil sei der Stein, den sie inzwischen wieder in den Korb gepackt hatte, Ein Donnerkeil könne trockene Kühe wieder milchend machen. Auch würde ein Haus, in dem ein solcher Stein verbaut worden ist, nie vom Blitz getroffen.

Auf die Fragen der Frau berichtet Barbara noch, dass auch das Feuer eines vom Blitz gefällten Baumes das Haus vor Blitzschlag bewahrt. Auch könne man ein durch Blitz entzündetes Haus nicht mit Wasser, nur mit Milch löschen. Eben deshalb könne ja auch der Donnerkeil die Milch wieder anlocken. Ebenso könne ein kalter Blitzschlag ein durch einen heißen Blitzschlag erzeugtes Feuer wieder auslöschen. – Die Hausfrau staunte über das tiefe Wissen der alten Barbara.

Unterdessen war die Sonne bis Mittag gewandert, während sich Gewitterwolken von Abend her auftürmten. Barbara drängte zum Aufbruch. Bald sah man die alte Frau den Hohlweg hinunter ihrem Dorf zustreben, während der Spitz eifrig um ihre Beine herum sprang.

Ehemaliger Hohlweg ("Die Huhle") nach Schönbrunn, 1976 eingeebnet.

Am frühen Nachmittag saß der Spitz vor der Tür der Wehmutter, lief davon, kam bald wieder und jaulte, bis die Nachbarn sich endlich auf die Suche machten. Sie fanden die alte Barbara tot in der „Huhle". In ihrem Huckelkorb fand man ein Säckchen Linsen, den Lohn für die Behandlung der Kühe. Den Donnerkeil fand man nicht.

Nach drei Tagen wurde die alte Barbara begraben und von diesem Zeitpunkt an gaben die beiden Kühe wieder Milch. Der Spitz kam nun jeden Tag in den Hohlweg und lief schnuppernd hinauf zum Gutshof, besuchte die Mäuse im Stall. Und als das noch eine Weile so gegangen war, blieb er verschwunden.

Die nachfolgenden fünf Generationen von Nachbarn bemerkten alle paar Jahre nicht weit von der Stelle, wo nach den Erzählungen der Großmütter die Barbara gefunden worden war, nach einem Gewitter einen gesplitterten Baum, den der Donnerkeil auseinander getrieben hatte. Einmal brannte eine alte Eiche aus, die der Blitz getroffen hatte – volle drei Tage, und es blieb von ihr nur der verkohlte Stumpf stehen.

Als dann eines Tages ein Nachbar auf dem Felde tot aufgefunden wurde und man an der Fußsohle eine winzig kleine Brandstelle fand, begann ein neuer Lokator im Auftrag des Landesherrn im Talgrund der Friesau einen Rittersitz mit einem Adelsgut zu errichten. Auf diesen ging der Name Ebirstorf über und die Siedlung auf der Höhe wurde bald „Alten-Ebirstorf" genannt. Die meisten Nachbarn zogen ins Tal.

Das Vorwerk auf dem Berg blieb noch einige Zeit bestehen. So wird im Jahr 1530 der Hans von Watzdorf als Besitzer von Alten-Ebersdorf genannt, als er Mitbesitzer der Stahlhütte zu Lobenstein wurde, das ist der alte „Spaniershammer" im Saale-Polynesien.

Im Laufe der Zeit verfiel das Vorwerk immer mehr und heute, nachdem auch der Kreuzweg um 1970 einschließlich des Hohlweges weg rationalisiert wurde, blieb nur die Flurbezeichnung „Alten-Ebersdorf".

Wahrscheinlich hatte die Wasserader, vor Jahrhunderten eine freudig begrüßte Gabe Gottes, immer wieder den Blitz hierher gelenkt. Das hielt nicht davon ab, das Wasser auf der Stollenwiese zu sammeln und es zum Schloss und zum Badehaus zu führen. Wohnen wollte da oben aber niemand mehr. Auf dem Wirtschaftsweg an der Schlossparkgrenze kann man sich auch heute noch nasse Füße holen und erst 2008 riss ein Blitz nahe der Bellevue einer alten Linde einen langen Rindenstreifen heraus.

1956 wurde der junge Bauer Paul Beyer von Blitz erschlagen. Zu seinem Andenken steht hier ein Denkstein, dem später ein Vogelbeerbaum hinzugefügt wurde[45].

---

[45] Siehe auch „Paul Beyer – Sein Bruder erzählt" auf Seite 141

Das Geheimnis im „nassen Birkicht"

Das „nasse Birkicht" lag eine Viertelstunde von Ebersdorf entfernt „hinter dem Berg" – dem Hartmannsberg. Heute ist das umgekehrt. Nicht etwa, dass das „Birkicht" gewandert wäre, aber heute geht die Hauptstraße durch Ebersdorf hindurch und das „Birkicht" liegt nun hinter dem Berg, während früher die viel befahrene Handelsstraße am „Birkicht" entlang führte und Ebersdorf ganz im Abseits lag, von den großen Bewegungen im Handel kaum etwas mitbekam, eben „hinter dem Berg" lag.

Alte Handelsstraße zwischen Hartmannsberg und „nassem Birkicht" (re.)

Das „nasse Birkicht" fängt das Wasser von der Mittagsseite des Hartmannsberges auf und wird zum Quellgebiet des „grünen Baches". Immer schon stehen hier Birken auf sumpfigem Boden, wenn auch die Menschen seit rund 200 Jahren immer wieder Fichten dazwischen gepflanzt haben, die dann häufig von Stürmen geworfen wurden.

Auf den Karten, die Napoleon 1806 benutzte, war das „Birkicht" bereits verzeichnet und ein Großteil des französischen Heeres war hier auf der alten Heer- und Handelsstraße in Richtung Saalburg entlang gezogen. Diese Straße war mindestens seit der Mitte des 16. Jahrhunderts in Benutzung und noch jahrelang fanden hier Truppenverschiebungen in beiden Richtungen statt.

Den französischen Soldaten, die hier biwakierten, wird in der Nähe des Sumpfes auch nicht immer ganz wohl gewesen sein. Tief in ihrem Inneren hatten auch sie die menschliche Urangst, von einer lockenden Nixe ins Moor gezogen zu werden. Man deutete das Wimmern eines Ertrinkenden als Lockrufe von Nixen. Immer wieder verschwand hier ein Mensch. Viele blieben unauffindbar.

Der Julius Ritter allerdings, der Ruhmüller, der vom Ebersdorfer Markt heimkehrend, seiner Saalemühle zustrebte und hier erfror, wurde am folgenden Tag gefunden. Die Leute sagten aber, dass von diesem Tage an der Geist des Ruhmüllers dort spuken würde, hatte man doch früher hier nie ein Echo vernommen.

Unseren Altvorderen war vor etwa 400 Jahren auch schon bekannt, dass das „nasse Birkicht" von Nixen bewohnt sein musste. Also von im Wasser lebenden Wesen, eben Wassergeistern, die sich sowohl in Pflanzen-, Tier- als auch in Menschengestalt beiderlei Geschlechtes zeigen konnten. Mit Bestimmtheit wurden sie durch das Nixkraut mit den gezähnten Blättern angezeigt.

Es hatte sich ein junger Mann einem der Kaufmannszüge angeschlossen, um eine gewisse Sicherheit vor Straßenräubern zu haben. Der schlanke, blasse Student, dessen Reiseziel die Universität Prag war, hatte nur einen kleinen Ranzen mit den notwendigsten Dingen, den er auf einem der Wagen, die vorwiegend mit Tuchen beladen waren, mitnehmen lassen durfte. Wie auch andere lief er meistens neben dem Zug, half auch da und dort, etwas aus dem Weg zu räumen.

Von Kronach herkommend, war der Kaufmannszug im Pohlig angekommen.

Jetzt begann ein sehr beschwerliches Wegstück den Hohlweg bergauf. Dafür, so sagte der ebenfalls nebenher laufende Kutscher, wäre es schon öfters notwendig gewesen, ein Ochsenpaar als Vorspann aus Ebersdorf zu holen. Heute schafften es die Pferde alleine, wenn auch mit letzter Kraftanstrengung. Oben angekommen, entschied der Kaufherr, hier die Nacht zu verbringen.

Die Wagen werden zusammengestellt, die Knechte versorgen die Pferde. Am Feuer nehmen alle eine Mahlzeit ein und dann wird Ruhe im Lager. Nur dieser oder jener geht in den nahen Wald, seine Notdurft zu verrichten, nachdem er dem Wächter Bescheid gegeben hat. Als letzter meldet sich der Student ab.

Der Wachposten glaubt ein Gespenst zu sehen, als der Student wieder kommt. Der bleibt stehen und sucht, sich ängstlich immer wieder umsehend, seinen Schlafplatz auf.

Der folgende Tag bringt eine Verzögerung, da kurz vor dem nächsten Anstieg am „Streuteich" ein Rad bricht, das erst von Stellmacher und Schmied aus Unterzoppoten repariert werden muss. So kommt es, dass der Kaufmannszug erst am Abend in den Hof der „Ratte" einzieht, wo die Pferde versorgt werden.

In der Schankstube, in der es meist recht laut zu geht, war eine gedrückte Stimmung, hatte der Student doch noch nicht ein einziges Wort gesprochen und der Kaufherr äußerte den Verdacht, dass er wohl verhext und stumm geworden sei.

Aber schließlich kommt etwas Bewegung in das blasse, jetzt fast grünlich aussehende Gesicht des Studenten. Dieser ist nicht mehr so angstgeplagt wie gestern, aber richtig krank und elend. Der ganze Mensch sieht hinfällig aus. Matt sitzt er am Tisch, nachdem ihm ein Kutscher mit vielen guten Worten etwas Brot und einige Schlucke Bier eingeflößt hatte.

Endlich berichtete er stockend von seinem gestrigen Erlebnis im Sumpf: „Genau so war es, wie der Meister schon immer gesagt hatte!" Nun erfuhren die Umstehenden erstmalig von ihrem Reisegast, dass dieser ein reichliches Jahr mit dem vagabundierenden Bombast von Hohenheim, damit war Paracelsus[46] gemeint, dem berühmten Arzt und Naturforscher aus dem Kanton Schwyz, der

---

[46] 1493 - 1541

als einer der wenigen Dozenten in deutscher Sprache unterrichtete, als Famulus durchs Land gezogen war.

„Er nannte sie Undinen, die als Elementargeister in den Sümpfen leben. Sie haben nur ihren Leib, nicht aber eine unsterbliche Seele. Wenn es ihnen aber gelingt, von einem Mann begattet zu werden, dann wächst ihnen eine Seele. Die des Mannes aber nimmt dabei Schaden."

Der Student beschreibt nun zögernd, wie ihn ein grünliches Glimmen in der Finsternis lockte, ein leises Wimmern ihm die Haare zu Berge stehen ließ und eine plötzliche feuchte Berührung einen ohnmächtigen Schauer über den Rücken und durch alle Knochen laufen ließ, so dass ihm schwindlig wurde. Wollte er das Trugbild berühren, hatte es ihn bereits umschlungen und dabei hinunter gezogen.

Der Studiosus ist bald erschöpft, legt sich auf der Bank nieder und die Mitreisenden gönnen ihm den Schlaf. Am anderen Morgen ist er verschwunden. Nur sein Ranzen liegt noch auf der Bank.

Die Kauffahrer müssen weiter; einige aus dem Dorf aber suchen im „nassen Birkicht" noch einmal nach. Freilich trauen sie sich nicht weit hinein und kehren ergebnislos zurück. Der Ranzen steht noch einige Tage auf der Bank, bis ihn schließlich die Wirtin in Verwahrung nimmt.

Als der Kaufherr nach vielen Jahren wieder einmal in der „Ratte" hatte ausspannen lassen, berichtete der Wirt – es war inzwischen der Sohn des Alten, er trug aber die Kappe aus Rattenfell vom Vater - , dass ein Reisender, der vorgab, ein Bote des Rabbi Löw in Prag zu sein, ihm den Ranzen abgeschwatzt habe.

Nun, auch der Wirt war als Erfinder phantastischer Geschichten bekannt und er erzählte viel, wenn der Tag lang war.

Das Antoniusfeuer
Pater Jakob und Pater Reinhard „in der Koppes"

Als im Jahr 1824 nach dem Tode von Heinrich LI., dem Reußen-  fürsten der Linie Lobenstein-Selbitz, der Lobensteiner Besitz an das Ebersdorfer Haus fällt, werden die Grenzen zwischen den Gebieten der älteren und der jüngeren Linie der Fürstentümer Reuß neu vermessen und schließlich auch „versteinigt", wovon noch heute eine kleine Anzahl der ehemals reichlich gesetzten Grenzsteine zeugt. Die Steine zeigen auf der einen Seite FG = Fürstentum Greiz für die ältere Linie und auf der anderen Seite FLE als Kennzeichen für das nun neu arrondierte[47] Fürstentum Lobenstein-Ebersdorf.

Die Landmesser arbeiten nach alten Vorlagen und sind „in der Koppes" über einen eigenartigen Grenzverlauf verwundert. Hier müssen sie eine schmale Landzunge über die Grenzlinie hinweg in das Land der jüngeren Linie hinein laufen lassen. Dann folgt der Grenzverlauf über einen Kilometer entlang dem Verlauf der Pfote.

Abends sitzen die Landmesser mit Friesauer Bauern am Biertisch. Auf die Frage nach diesem eigenartigen Landzipfel weiß jeder eine

---

[47] abgerundete

andere Erklärung: „Do hamse een tudschlaun!", „Do war ne Ka-
pelln", „Do hamse n Wolf gschossn".

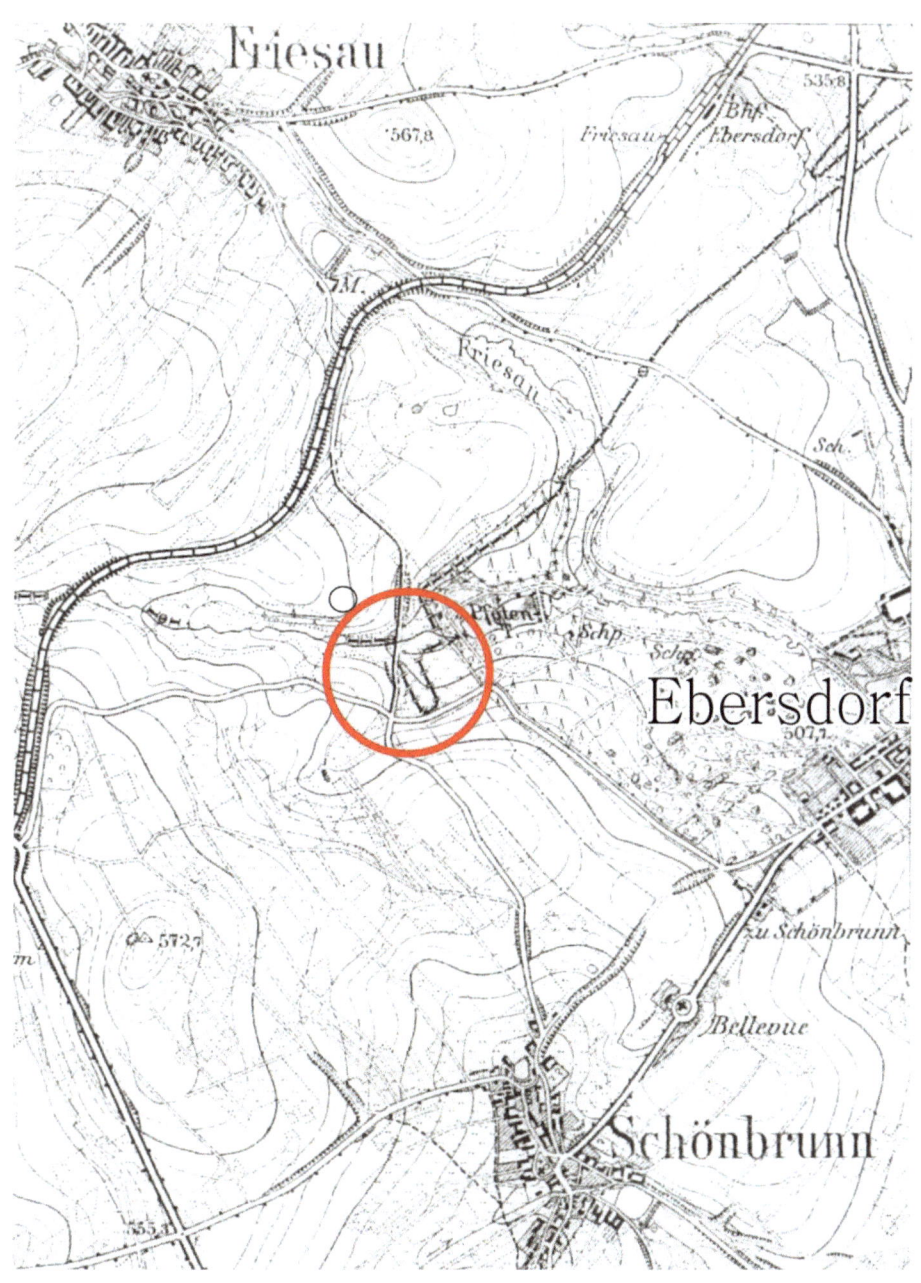

Der betagte Kantor, der auch die Kinder in der Schule lehrte, weiß noch zu berichten, dass die ältere Herrschaft Reuß der Reformation länger getrotzt hätte als die Grafen Reuß der jüngeren Linie. Vielleicht hätte das ja damit etwas zu tun. Und nach einigen Zügen aus dem Pfeifchen fällt ihm noch etwas ein. Er verschafft sich durch Klopfen auf den Tisch Gehör und sagt: „Na, ich will mal sagen …". Das war so eine Angewohnheit von ihm, auf die die Kinder immer schon warteten, wenn er nach kurzer Überlegung etwas sagen wollte.

„Ich will mal sagen, da habe ich vor vielleicht schon zehn Jahren einen von den polnischen Wanderarbeitern, die auf dem „Balkan" in Ebersdorf hausen, auf dem alten „Ebersdorfer Acker" beim Kartoffelroden angetroffen und mit ihm gesprochen. Der war nicht dumm! Ich sprach ihm von „der Koppes". Da erwiderte er: „Hier ist doch gar keine Kopïes", wobei er das „i" deutlich vom „e" getrennt aussprach: „Kopïes". Nach längerem Hin und Her verstanden wir uns besser und mir ging schließlich ein Licht auf: „Kopïes" bezeichnet in der polnischen Sprache einen Erdhügel.

Einer der Bauern mischt sich ein: „Do is kee Heichel!" – „Na, ich will mal sagen, freilich ist das jetzt ein Tälchen. Als ich aber vor 37 Jahren nach Friese kam, standen da unten noch ein dichter Buchenwald und eine ganz dicke Linde. Und ich will mal sagen, hinter der Linde waren zwei flache Erdhügel mit jeweils einem Stein drauf! Das habt ihr nun alles flach geackert!"

Die Bauern nickten zustimmend. So viel Gedankenarbeit aber reichte ihnen. „Die Koppes" interessierte sie nicht mehr. Dem Kantor fällt zwar noch ein, dass er damals auch den Ebersdorfer Kantor um Rat gefragt hatte, der hatte ja Zugang zur Schlossbibliothek! Beide hatten sie dann herausgefunden, dass es für Erdhügel das sorbische Wort „Kopa" und das schlesische Wort „Kaupe" gibt. Durch den Kneipendunst hindurch sieht der Kantor, dass die Bauern gerade ihre Neigen ausgetrunken haben und sich auf den Heimweg machen. „Ich will mal sagen, denen ist das völlig schnuppe." Dann geht auch er.

In den folgenden Monaten werden die Grenzsteine mühsam auf Ochsenkarren herangefahren und die Fröner setzen sie unter Aufsicht des Vogtes an den gekennzeichneten Stellen unterlegt mit Ziegeln. An der besagten Landzunge sind es vier. Keiner von ihnen aber macht sich noch Gedanken über diesen eigenartigen Zipfel. Tatsächlich kenne auch ich keinen historischen Nachweis für „die Koppes". Wo aber die Geschichte am Ende ist, bringt die Legende noch manches ans Licht.

Im Jahre 1855 werden in den reußischen Ländern die topographischen Feldoriginale aufgenommen. Premier-Lieutenant Rogalla von Bieberstein vom 17. Infanterie-Regiment, der mit der Kartierung dieses Geländeabschnitts beauftragt ist, zeichnet einen 25 m breiten, dafür aber 100 m langem zungenförmigen Geländeabschnitt von Reuß ältere Linie, der ins Territorium von Reuß jüngere Linie hineinragt.

Man sollte dazu wissen, dass die ersten Ansiedlungen im ständigen Kampf gegen übermächtige Naturgewalten auf den Anhöhen entstanden. Unsere Vorfahren sahen die größeren Lebensgefahren in Mooren und Überschwemmungen. Auch die Friesauer hatten ihren Siedlungskern auf einer Anhöhe im Friesautal angelegt.

Die schmalen Feldstreifen hinter den Hütten hatten immer nur einen kärglichen Ertrag gebracht. Der Boden war erst vom Großvater gerodet worden; Steine und Lehm erstickten die Saat. Die Düngung beschränkte sich auf die Beweidung der Brache; der Pflug ritzte den Boden lediglich ohne eine Scholle zu wenden. Und die Bauern waren zufrieden, wenn ein Saatkorn bei der Ernte vier oder fünf neue Körner brachte.

Schon in den Jahren 1315 bis 1317 hatte ganz Europa gehungert, ab dem Jahre 1349 kam es zu einer unerwarteten Klimaverschlechterung; ein Saatkorn brachte nur noch drei oder gar nur zwei neue Körner. Der Weizen, den man schon in den letzten Jahren zusammen mit dem russischen Roggen als Mischsaat ausgesät hatte, um nach einem bitteren Winter wenigstens keinen Totalausfall zu haben, gedieh überhaupt nicht mehr.

So war nur noch Roggen zur Aussaat gekommen und nach dem Sichelschnitt suchten die Ährenleser, die Frauen und alle Kinder, jede Handbreit Boden ab, um auch das letzte Korn zu bergen. Körner waren nun mal die Hauptnahrung der Menschen, als Brei oder Brot zubereitet.

Bald gab es nur noch „Hungerbrot", das gestreckt war und für das die Kinder die Samen vom Gänsefuß, vom Taumel-Lolch, der Kornrade, dem Wachtelweizen und die Wurzelknöllchen vom Scharbockskraut sammeln mussten.

In einem besonders feuchten Jahr hatte es fast nur noch den vom Schwarzpilz verdorbenen „Taumel-Roggen" gegeben. Schwache Weiber und Kinder, wohl auch mancher Mann, taumelten einige Tage, sahen irrwitzige Bilder und legten sich dann zum ewigen Schlaf nieder.

Einem besonders kalten Winter, in dem die Roggensaat wochenlang in der Scholle eingefroren war, folgte ein nasser Sommer. Nun wuchsen auf den Ähren mehr als sonst große schwarze Körner, die wie Hörner aussahen. War da die Hoffnung aufgekeimt, dass die größeren Körner auch den nagenden Hunger besser stillen könnten? Die Ährenleser ließen auch in diesem Jahr kein einziges Korn auf dem Acker. Anschließend durften die Hühner aufs Feld- Sie scharrten wohl noch dieses oder jenes Körnchen aus dem Boden.

Noch im Herbst werden alle Kämme der Hähne schwarz. Dem ersten der Nachbarn kribbelt es eigenartig in Händen und Füßen. Bald hört man Ähnliches aus anderen Siedlungen, das Kribbeln wird zur Volkskrankheit. Viele sterben unter Qualen.

Die Hebamme aus Schönbrunn sagt: „Ihr habt das ‚heilige Feuer', für das der Papst den heiligen Antonius von Athanasius als Schutzpatron eingesetzt hat".

Die kopflos gewordenen Menschen wissen nun wenigstens, zu wem sie um Befreiung von dieser Plage beten müssen. Aber allmählich geht ihnen auch ein Licht auf: Sie haben ihre Krankheit mit dem täglichen Brot gegessen, um das sie früh und spät gebetet hatten.

„Nothfeuer" werden entzündet. Dabei müssen zwei Männer, die den gleichen Taufnamen haben, mit Hilfe eines Feuerbohrers ein Feuer entfachen.

Die Tage des Neumondes gelten als eine schlechte Saatzeit, das Korn aber, das am Tage des vollen Michaelismondes gesät wird, sollte nicht brandig werden. Das hatte Papst Felix bereits im Jahr 480 in einem Breve[48] mitgeteilt und zum Andenken an den Erzengel Michael so festgelegt.

Eine unglückliche Saatwoche sollte auch die im Oktober liegende Burkhardis-Woche sein, benannt nach Burkhardis, der seinen Namenstag am 14. Oktober hat und im Jahr 746 von England nach Deutschland als erster Bischof von Würzburg berufen wurde.

Eines Frühlingstages kommt nun endlich die lang ersehnte Hilfe für die geplagten Menschen. Ein kräftiger, aufrechter Mann, schon mit ergrautem Bart, kommt den Waldpfad von Mitternacht her ins Dorf. Er trägt einen schulterhohen Wanderstab, sein durchgehend schwarzes Habit weist ihn als einen Laienbruder der Zisterzienser aus. Ihn begleitet ein großer Bärenhund. Der trägt ein Halsband, das mit Eisenschuppen beschlagen ist, um den Kehlbiss des Wolfes abzuwehren. Nachts wärmt er seinen Herrn, wenn dieser nur eine Laubschütte als Nachtlager gefunden hat.

Bruder Raginhart (Reinhard), dessen Name bedeutet, dass er einen guten Rat erteilen kann, wird vom Ältesten zur seit langer Zeit verwaisten Einsiedelei „in der Koppes" begleitet. Dabei erfährt er von den Sorgen der Menschen.

Im frühjahrslichten Buchenwald, dessen Boden mit abertausend Buschwindröschen bedeckt ist, führt sie der Pfad zu einem Steg über die Pfote. Hier kommt aus einem flachen Tälchen ein kleines Rinnsal mit glasklarem Wasser der Pfote zugeeilt. Der Grund ist

---

[48] Päpstlicher Erlass

dicht mit Quellmoos bedeckt und am Ufer beginnen die Farne, ihre ersten Triebe aufzurollen. Unter einer mächtigen Linde ist die in sich zusammengesunkene Klause „in der Koppes" gerade noch zu erkennen. Dahinter ist ein Erdhügel, moosüberzogen und mit einer Basaltkugel gekennzeichnet als ewige Ruhestätte des Bruder Jakob.

Vor Jahrzehnten waren zwei Mönche vom Kloster Leubus in Schlesien ausgegangen, um einen Auftrag im bayerischen Andechs zu erfüllen. Auf dem Rückweg war der eine Bruder bei Regensburg von entlassenen und marodierenden Landsknechten erschlagen worden. Jakob war verletzt bis hier her gekommen und von den Friesauern gepflegt worden.

Er errichtete eine Eremitage[49], die diese Stelle für die Menschen der Umgebung zu einem Ort des Trostes machte. Pater Jakob aber nannte sich so, wie der Name Jakob, der vom Bruder des Jesus Christus abgeleitet ist, in seiner schlesischem Heimat heißt: Kopisch.

Da war die Zeit nicht mehr lang, bis die Nachbarn das „Kopisch" in „Koppes" verwandelt hatten und die Hütte des Bruders Jakob damit meinten.

Der große Hund stellt seine Vorderpfoten weit voran, lässt den Rücken durchsinken und gähnt ergiebig mit hochgestrecktem Kopf. Dann legt er sich nieder. Nach der langen Wanderung gefällt ihm der Platz sehr gut.

Pater Raginhard zieht aus der Tiefe seiner Kutte das Brevier[50] mit vielen hinein gekritzelten Bemerkungen. Daraus gibt er den Bauern eine Auslegung aus dem 18. Kapitel des 5. Buches Mose und übersetzt wie folgt:

---

49 Einsiedelei
50 Gebetbuch katholischer Geistlicher

Vers 10: „... dass nicht unter dir funden werde, der sein son oder tochter durchs feur gehen lasse / oder ein weissager / oder ein tage wehler / oder der auf vogel geschrey achte oder zeuberer...“

Vers 11: „... Denn wer solches tut / der ist dem HERRN ein grewel / und umb solcher grewel wegen vertreibt sie der HERR dein Gott fur dir her...“

Vers 14: „Denn diese Völker / die du einemen wirst / gehorchen den tag welern und weissagern / Aber du solt dich nicht also halten gegen den HERRN deinen Gott“

Er will den Bauern damit sagen, dass das Tagwählen, das Deuten von Vogelgeschrei oder andere Zaubereien Gott dem Herrn ein Gräuel sind.

Viele Jahre lehrt Pater Reinhard die Menschen, auf das Wetter zu achten, den Boden tiefer zu pflügen und besser zu düngen, die Ernte sauber einzubringen, sie immer wieder zu kontrollieren und sie trocken und luftig und vor Mäusen geschützt aufzubewahren.

So ging das Antoniusfeuer in den Menschen allmählich aus, hinterließ aber bei manchen verstümmelte Hände und Füße, die nicht mehr zur Arbeit nütze waren.

Eines Tages ging auch Pater Reinhard in sein himmlisches Reich ein und die Bauern begruben ihn neben dem Hügel des Paters Kopisch. Noch in der dritten Generation hatten die Menschen eine gute Erinnerung an die Fratres[51] „in der Koppes“. Ihre Urenkel nach 100 Jahren aber nur noch eine ganz blasse Vorstellung davon, dass ihre Vorfahren „in der Koppes“ Hilfe gesucht und gefunden hatten.

Den weiteren Nachfahren blieb nur noch die Flurbezeichnung und den meisten heutigen Menschen ist das alles völlig schnuppe.

---

[51] Brüder

Die Verlobungsbank
Eine Vermutung

Die Hofbeamten bis hinab zu den niedrigsten Bediensteten haben mit Sicherheit jede Stimmung der Herrschaft, jede Laune und jede Liebelei wahrgenommen – wenn sie auch gar nicht für deren Ohren und Augen bestimmt waren. Die Hofschranzen hatten Jahre lang etwas hinter vorgehaltener Hand zu tuscheln. Manche dieser Geschichten „vererbte" sich auch über mehrere Generationen von Höflingen, überdauerte sogar mehrere Jahrhunderte und – wie bei der „Stillen Post" – wurde aus mancher Mücke ein Elefant. Schließlich hieß es: „Ich weiß nicht mehr genau, wer das war. Aber genau weiß ich noch, die hatten was miteinander!"

So ist es wohl auch mit der „Verlobungsbank" im Schlosspark gewesen. Auf der hatte sich „was abgespielt", aber welcher der vielen reußischen Heinriche daran beteiligt war – übrigens auch welche Dame -, beides ist völlig ungewiss.

Aber es könnte ja so zugegangen sein.

Der Gründer des reußischen Hauses in Ebersdorf war der in Lobenstein geborene Heinrich X. Er hatte von seinem Vater, übrigens auch ein 10. Heinrich, einen Teil der Grafschaft Lobenstein geerbt und Ebersdorf zu seiner Residenz erkoren.

Er ließ auf den Grundmauern eines von einem Wassergraben umgebenen Rittersitzes vom Mühltroffer Baumeister Johann Christoph Reinel ein Schloss bauen, das 1694 fertig gestellt wurde. Heinrich X. heiratete am 29. November des gleichen Jahres Benigne von Solms-Laubach.

Mit großer Freude empfingen sie im Jahre 1695 ihr erstes Kind, ein Mädchen, das sie Benigna Marie nannten. Mit dem ersten Vornamen, welcher auch der ihrer Mutter war, wünschten sie ihrem Kind Güte, Freundlichkeit und Freigebigkeit; mit dem zweiten Namen war die Hinwendung zum Christentum verknüpft nach dem Wappenspruch der Reußen „Ich bau auf Gott."

Ein ausnehmend hübsches, kluges und freundliches Kind wuchs im Schloss, dem „alten Garten" und den ersten Anfängen eines Schlossparks wohlbehütet auf. Die Amme, die Kindermädchen und Erzieherinnen gaben sich die größte Mühe, der jungen Comtesse die Regeln für einen standesgemäßen Umgang zu lehren. Gelegentlich verhalf ihr der natürliche Charme dazu, beim Unterricht der jüngeren Brüder still am Rande sitzend aufmerksam zuhören zu dürfen.

Als sie fünf Jahre alt war, wurde ihre Schwester Erdmuth Dorothea geboren, mit der sie lebenslang in besonderer Herzlichkeit verbunden bleiben sollte. Erdmuth heiratete später in nicht sehr glücklicher Ehe den Grafen Zinzendorf in der Schlosskapelle.

Unter der Regentschaft ihres Vaters entstand im „alten Garten" eine Renaissance-Anlage, in deren Gestaltung Heinrich X.. seine ganze Leidenschaft einfließen ließ. Es wurde auch schrittweise eine Lindenallee angelegt, die über den Küchenteichdamm in Richtung auf den Laubwald lief, der dicht unterhalb des Vorwerks „Alten-Ebersdorf" lag. So entstand der „alte Park", noch dicht bedrängt von einer ebenfalls im Entstehen begriffenen Obstplantage, von Feldern und einer Baumschule.

So weit hinaus aber kam Benigna nur selten und dann auch nur in Begleitung sowohl eine Zofe als auch eines bewaffneten Jägers. Gelegentlich musste auch der Hofchirurgus Georg Adam Seckner die Comtesse zusätzlich begleiten, wenn man um ihre Gesundheit besorgt war.

Im Jahre 1711, im gleichen Jahr, in dem die Renaissance-Gartenanlage fertig gestellt war und in dem der Haushofmeister Ulrich Boguslav von Bonin nach Ebersdorf gekommen war, starb Heinrich X. ganz unerwartet am 10. Juni. Da war die Comtesse gerade einmal 16 Jahre alt.

Die ersten Trauerfeierlichkeiten für die Ebersdorfer hochgräflichen Gnaden fanden große Beachtung; die Einwohnerzahl der Residenz war bereits auf 90 angestiegen. Heinrich X. hatte vielen Bewohnern von Ebersdorf durch die Erhebung zur Residenz Arbeit und Brot gegeben.

Einige Wochen hielten sich die vielfältigen Verwandtschaften der Reußen in Ebersdorf auf, wodurch der gewohnte Tagesablauf des Hoflebens ganz aus der Bahn geworfen wurde. So war der Jäger dazu abgestellt, Hilfsdienste in der jetzt überlasteten Küche zu leisten, um insbesondere das Wildbret auszulösen. Der Hofchirurg musste einem alten wohlbeleibten Herrn die Gicht behandeln und die Zofe, na ja, war immer schon eine nachsichtige Person gewesen, die beide Augen zudrücken konnte. .

Und das tat sie dann auch, als die heimlichen Blicke zwischen Benigna und einem ihrer zahlreichen Vettern hin und her gingen. Allen und ganz besonders Benigna war es bewusst, dass diese erste Liebe sie zur Unzeit überfallen hatte, dass es ganz unschicklich war, angesichts der Totenfeier dem inneren und unbezwingbaren Wunsch zu folgen, dem Vetter einen Blick zu zuwerfen. Ihr stieg dann eine heiße Röte auf, die sie vor den anderen bloßstellte, wie sie glaubte.

So sollte alles geheim bleiben und nur die gutmütige und zunächst auch verschwiegene Zofe war eingeweiht. Beim gemeinsamen Ausgang hinauf zum „alten Park" blieb sie diskret im Buchenwäldchen zurück, während das junge Paar am Feldbrunnen vorbei, der heute tief unter dem Hügel liegt, der den letzten Feldahorn und eine Bank trägt, weiter zwischen den Feldstreifen zu einem Rosenbusch ging, wo sich die Landleute eine einfache Bank gezimmert hatten, ihr Vesperbrot zu verspeisen. Hier geschah nun alles das, bei dem niemand zugesehen hat. Wilde Rosen beschützten das Liebespaar.

Viele Jahre später, aus der Liebschaft war keine Bindung hervorgegangen und Benigna hatte aus Enttäuschung beschlossen, allein zu bleiben und 1745 bis 1751 auf das Gut Pottiga zu ziehen. Unter dem Hofgesinde verbreitete sich die Mär von der „Verlobungsbank".

Viele fühlten sich in den folgenden Jahrhunderten zu dieser Bank hingezogen und tatsächlich nahm es auch bei manchem ein dauerhafteres Ende als bei Benigna.

Nach knapp 100 Jahren wurde an dieser Stelle eine Gruppe von Lärchen gepflanzt, von denen auch heute noch einige prächtige Exemplare in bestem Zustand sind. Man entsann sich der Geschichte und stellte fortan eine schöne Parkbank hier auf, die in aller Munde die „Verlobungsbank" hieß.

Nach dem großen Krieg, der vieles zum „Volkseigentum" machte, verschwand diese Bank bei einem der Ebersdorfer Nachbarn. Der tat so, als wenn er das gar nicht wüsste.

Nachdem nun weitere 200 Jahre vergangen sind, ist wieder eine schöne „Verlobungsbank" aufgestellt, die jeder ausprobieren kann, allerdings ohne die Gewähr für eine erfolgreiche Verlobung.

Der letzte Hauer im Luxloch

Höhlen und verlassene Bergwerke bewahren eine Menge Geheimnisse und absonderliche Geschichten, die mich schon immer brennend interessiert haben. Sie zu erahnen braucht es Geduld, viel Zeit und Inspiration, die man immer wieder anfachen muss. So ist es nun schon mehr als sechs Jahrzehnte her, dass ich letztmalig in das Luxloch eingefahren bin, ausgerüstet lediglich mit einer Stalllaterne.

Vor der Luxhütte stieg ich den mit Geröll bedeckten Abhang hinunter bis zu einer kleinen mit Gebüsch bewachsenen Plattform. Von hier sah man links eine ganz schmale, quer liegende Spalte, aus der einem ein kühler feuchter Atem entgegen kam. Sie wäre nur passierbar gewesen, wenn man eine große Menge Geröll weggeräumt hätte.

Weiter rechts aber befand sich eine knapp mannshohe senkrechte Spalte. Es dauerte eine Weile, ehe ich meine Augen an die Finsternis gewöhnt hatte und der matte Schein meiner Kerze einen schmalen Gang erkennen ließ. Rechts stand noch eine Reihe von etwa fünf Grubenhölzern zur Abstützung der Decke. Die linke Reihe war bereits zerfallen und die rechte erwies sich nach einem Griff in das feuchte, moderige Holz auch als völlig instabil.

Meine jugendliche Unbekümmertheit aber ließ mich nur kurz zögern und ich verdrängte den Gedanken, hier eventuell lebendig begraben werden zu können. Jede Berührung mit den Grubenhölzern, der Decke und den Wänden vermeidend erreichte ich nach einigen Metern einen beeindruckenden Dom[52], der so hoch war, dass ich geraume Zeit benötigte, ehe ich bei dem spärlichen Lichte die Decke erkennen konnte. Diese Kuppel wurde durch eine aus Steinen geschichtete und bis zur Decke reichende Pyramide gestützt. Das erschien mir haltbarer als die Grubenhölzer.

---

[52] Kuppel

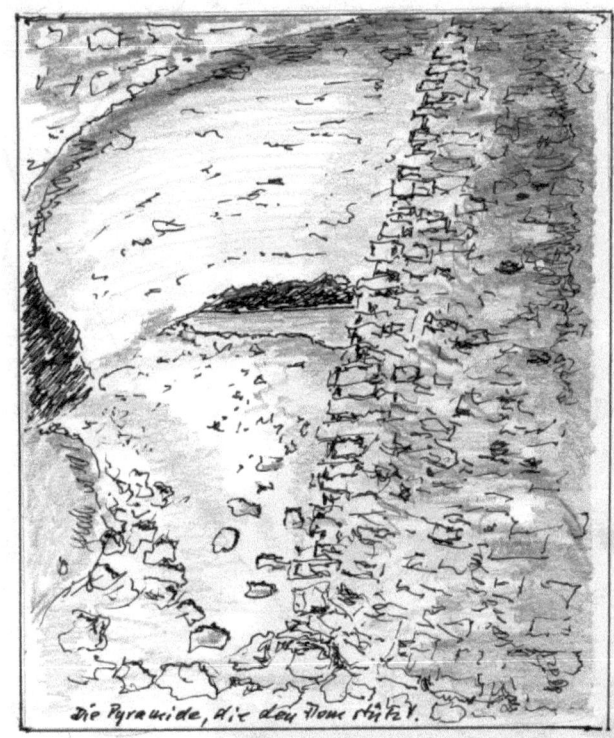

Die Pyramide, die den Dom stützt.

Zunächst ging ich nach links über eine leicht ansteigende Geröllhalde einem Lichtschein entgegen. Dieser kam durch die quer liegende Spalte, die ich bereits von außen gesehen hatte und die mir als Einstieg zu eng erschienen war. Mir kam dabei die Überlegung, dass ich mich vielleicht hier wieder hinaus wühlen könnte, wenn die Grubenhölzer gerade jetzt ihre Schwäche eingestehen würden.

Auch fand ich hier zwei außerordentlich große skelettierte Hundeköpfe ohne Unterkiefer, die ich später mit nach Hause nahm und jahrelang in unserer Bodenkammer im Großen Brüderhaus aufbewahrte.

Von dieser eben erwähnten Geröllhalde ging ein vielleicht 5 m langer in hartes Gestein geschlagener enger Gang ab, der blind endete. Seine Wände waren wie mit einer feuchten Zuckerglasur überzogen, der rostrote und grünliche Schimmer beigemischt waren. Ich stellte mir vor, dass ich, wenn ich eine starke elektrische Lampe mit hinunter nehmen könnte, hier Farbflächen sehen könnte, die denen in den Feengrotten gleichen.

Wieder aus dem kurzen Gang zurück, ging ich tiefer in den großen Raum hinein, der von der Pyramide gestützt wurde. Der mit Geröll bedeckte Boden, offenbar waren das von der Decke herab gestürzte Steinbrocken, fiel etwas ab und endete am lehmigen Ufer einer Wasserfläche.

Links davon fand ich eine sehr interessante und noch tiefer gelegene Kammer, deren Gestein mir sehr fest und sicher erschien. Der Boden der Kammer hatte einen fast runden Grundriss mit einem Durchmesser von vielleicht fünf bis 6 Metern. Er fiel immer weiter ab und der entfernte Teil des Bodens stand unter Wasser.

Die Decke wurde durch eine von den Bergleuten im gewachsenen Gestein belassene Säule gestützt. Sie lief am Boden und an der Decke in einer harmonischen Rundung aus, so dass man sich vorkommen konnte, in der Windung eines riesenhaften Schneckenhauses zu sitzen.

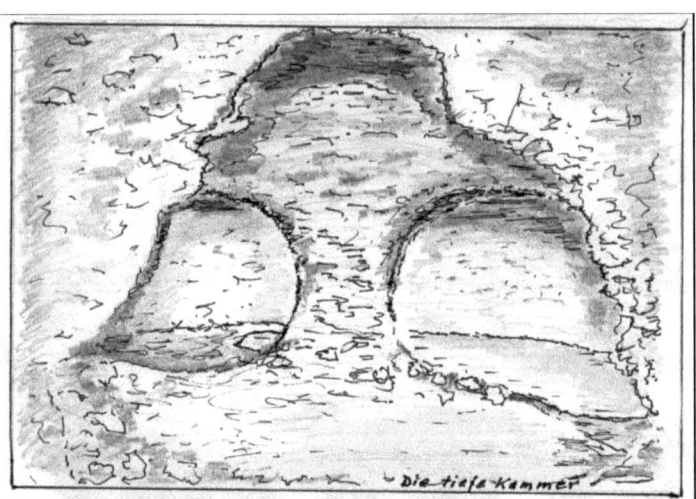

Die tiefe Kammer

Auf dem Rückweg durch den Kuppelraum entdeckte ich nun linker Hand, ehe ich den Ein- bzw. Ausgang mit den vermorschten Grubenhölzern erreichte, eine quer liegende große Spalte, deren Tiefe ich nicht absehen konnte. Ein kleiner hinein geworfener Stein ließ durch den Schall seines Aufpralls vermuten, dass sich dort ein trockener Hohlraum größeren Ausmaßes befand, der offenbar durch Absturz des Hangenden[53] entstanden war. Hier war wohl die Katastrophe passiert!

---

[53] Deckengestein

Eines Tages, vielleicht ist es im Jahr 1732 oder 1733 gewesen, als ein Treck von Hunderten Salzburger Vertriebener mit dem Ziel Gumbinnen in Ostpreußen hier durchzog, eines Tages also kam ein gestandener Mann zum Bergherrn in Unterzoppoten und fragte nach Arbeit. Er habe 15 Jahre als Bergmann im Salz gearbeitet und suche jetzt seinen Ruhepunkt.

Der Bergherr stimmt zu und so zieht nun der neue Bergmann an jedem Werktag zusammen mit den Zoppner Einheimischen im Morgengrauen an den letzten Hütten vorbei zum Luxloch und abends wieder zurück. Am Sonntag aber geht dieser Zug in entgegengesetzter Richtung den anderen Hang hinauf zur Kirche St. Martin und wieder zurück.

Der neue Bergmann erweist sich als erfahren und bedächtig, seine Sprache ist ein verständliches Deutsch, hat aber einen eigenartigen Unterton, der den Zoppotenern etwas überheblich in den Ohren klingt, obwohl der Neue alles andere als überheblich ist. So kommt es, dass die Zoppotener immer mehr Abstand zu ihm wahren, dass er auf dem Weg zur Arbeit als Letzter und alleine geht, am Sonntag hinter den Kirchenbänken steht und in Grimms Gasthaus am Ende der Bank sitzt, von seinen Kumpeln kaum beachtet.

Man hat auch seinen Namen vergessen und nennt ihn nur „Welscher", was damals so viel wie Fremder hieß.

Die Dorfkinder sind da ganz anders. Sie sind dem freundlichen Mann zugetan, besonders der kleine Paul, der mit seiner Mutter in der letzten Kate wohnt, an der die Bergleute alle Werktage entlang ziehen. Paulchen steht morgens, noch unangezogen, und guckt durch die trübe winzige Scheibe, um dem letzten der ausziehenden Männer mit seinen tapsigen Händchen einen Gruß zuzuwinken. Der letzte Mann hält immer mehr Abstand, am Abend ist er auch viel später auf dem Heimweg als die anderen. Niemals aber vergisst er, dem Paulchen einen vertrauten Gruß zu schicken. Auch hatte er ihm ein Holzpferdchen geschnitzt, das Paulchens ganzes Glück bedeutete.

Als eines Tages der „Welscher" in Hast als erster heimkehrt, sind die Bergkameraden unter dem herab gestürzten Hangenden begraben.

Der Fremde geht nun jeden Tag seinen einsamen Weg an der Kate vorbei. Im Winter legt auch er sich zur ewigen Ruhe, wird ausgesegnet und begraben.

Am Morgen danach steht Paulchen hinter der Scheibe, haucht ein Guckloch hinein und sieht mit feuchten Augen hinaus.

„Mama, der Welscher kommt!" schreit er. In der Trübe des Morgennebels kommt tatsächlich die Gestalt des Fremden mit Hammer und Schlegel den Weg vom Dorf herauf. Paulchen sieht erstarrt mit offenem Mund und kann den Morgengruß nicht erwidern.

Nun sieht man den Welscher jeden Werktag seinen Weg ziehen, wenn man zur rechten Zeit an der letzten Kate ist. Keiner hat sich bisher getraut, ihn anzusprechen.

———————————

Die Bergsicherung Ronneburg vermauert 1989 das Luxloch. Es wird Ende Januar 1990 nochmals geöffnet und nach erfolglos verlaufener Suche nach Stasi-Akten erneut verschlossen.

Ich denke, der Welscher wird sich dadurch in seinem Jahrhunderte langen Tun nicht beirren lassen.

Wer nun der Welscher war, darüber haben sich die Leute Gedanken gemacht und auch die Mäuler zerrissen. Die Vermutungen reichten von einer mystischen Erscheinung bis hin zu einem entsprungenen Sträfling.

Ich glaube ja, es war einer der nach ihrer Vertreibung hier durchziehenden Salzburger Bergleute, der unter den Zoppotenern sein Glück suchte, als Fremder keine Anerkennung fand und dennoch seinen toten Kameraden bis heute die Treue hält.

Der Kobold in der alten Ruhmühle
Nach einem Gedicht von Richard Zoozmann

Seit der große Kater in der alten Ruhmühle im Saaletal neben dem Hofhund das Regiment übernommen hatte, war es endlich Schluss mit den Mühlenkobolden. Vorher aber nisteten sie sich immer wieder ein, in der Mühle selbst, gelegentlich aber auch im Taubenschlag, auf dem Scheunenboden, selbst im Schlot des Wohnhauses und in den Nischen hinter aufgeschlagenen Fensterläden. Sie raunten in der Dämmerung, kicherten hinter den Mädchen her, wenn diese sich abends verspätet hatten, sie stellten Heurechen so an die Wand, dass der Müllerbursche, als er auf die Zinken trat, einen mächtigen Schlag gegen die Stirn bekam und der Müllermeister ihm die Brausche[54] mit einem eiskalten Schlachtmesser zurück drücken musste. Trotzdem behielt er noch lange ein Horn.

Mancher Kobold kletterte am Fallrohr hoch und umschwirrte in der Dämmerung die Köpfe der schreckhaften Frauen. Man sagte sich weiter, dass sie die Haare so verwirren könnten, dass kein Kamm mehr hindurch geht und zum Schluß der Eduard Fiedler ihnen eine Glatze schneiden müsse.

Eines Tages konnte sich der Ruhmüller ohne große Mühe von einem unliebsamen Kobold befreien. Und das ging so:

Vor drei Tagen war die Ebersdorfer Kirmes gewesen; die ist ja schon immer und ewig drei Tage vor dem ersten Schnee. Tatsächlich hatte sich der Himmel schon am Nachmittag verdunkelt, Heerscharen dunkler Punkte waren denen entgegen gekommen, die zum Himmel blinzelten und auf einmal war die ganze Welt mit einer dünnen weißen Schneeschicht überzuckert. Die Felder auf der „Ruhebene" ließen nur noch wenige Stoppeln herausschauen und das „Silberknie" oben am „Christiansglück" war völlig vom Schneetreiben eingehüllt.

Aber es kam noch schlimmer:

---

[54] Blutbeule

Vom Himmel einst in schwarzer Nacht,
stob Hagel und Gewitter,
als sollten Blitz und Donnerschlag,
die ganze Welt zersplittern.
Da klopft es an der Mühle. Horch!
„Mach auf, mach auf da drinnen!
Gebt Herberg mir, sonst spült mich noch
die Sintflut ganz von hinnen!"

Der Müller Rosenkranz hatte sich nach des Tages Mühen am Abend an den Küchentisch gesetzt und während draußen das Wetter an die Scheiben klatschte und das Heulen des Sturmes schon lange das Rauschen des Saalewehrs übertönt hatte, überlegte der Meister noch: „Habe ich das Scheunentor auch richtig verriegelt, saßen die zwölf Hühner auch alle auf der Stange?" Ach ja, der Hahn hatte sich doch heute auf die Deichsel vom Leiterwagen gesetzt! Dann erst streckte der Müller seine Beine zum Herdfeuer hin aus.

Müde geworden wollte er sich bis zum nächsten Kontrollgang zum Mahlwerk etwas aufs Ohr legen, als ein Hilferuf durch das Tosen des Wassers zu ihm drang. Er ruft: „Rasch herein, kummt ihr von Aberschdorf?" „Ja, ja" erwidert der späte Gast, „von Aberschdorf, mir warn da zur Kirmse!"

Wie der Müller nun die Tür aufriegelt, fegt ein Windstoß ins Haus und löscht das Licht in seiner Hand. Nur das Herdfeuer wirft einen trüben flackernden Schein auf die Gäste. Etwas Großes, Plumpes hat sich zur Tür hereingeschoben, es brummt, schnauft und schüttelt die Nässe aus seinem Zottelpelz. Als der Müller den Fidibus[55] in die Lampe hält und das Wachslicht an Helligkeit zunimmt, wird er blass, die Knie werden ihm schwach und er muss sich am Türpfosten anlehnen.

---

[55] Harzreicher Holzspan oder ein gefalteter Papierstreifen zum Übertragen von Feuer.

„Hilf Gott! Ein Bärenführer ists!"
Der spricht: „Lasst Euch nicht schrecken.
Es ist ein gutes. frommes Tier,
man darf es nur nicht necken!"
„Ja, lieber Mann, ein Lager Streu
will ich Euch nicht verwehren,
jedoch. Wohin in aller Welt
soll ich mit Eurem Bären?"

„Müller, der Brummel ist ganz lieb. Ich würde ihn in Eurer Mühle an die Kette legen. Er wäre der erste Bär, der euer Korn und Mehl gefressen hätte. Ihr werdet keinen Schaden von ihm haben. Nachts verhält er sich ganz ruhig, er wird Euch nicht stören!"

„Nun gut, doch wisst, ein Kobold treibt
schon lange dort sein Wesen,
er spukt des Nachts und fährt umher
und ist nicht zu erlösen."
Da lacht der andere: „Ei, der macht
Euch ferner nicht Beschwerden,
mit diesem Kobold wird mein Petz,
glaubt mir, schon fertig werden!"

Nachdem der Brummel nun in der Mühle an einem Mühlstein, der zur Reserve dort an die Wand gelehnt steht, angekettet und mit einem Bund Stroh als Nachtlager und einer Schüssel Milch mit Holzäpfeln zur Nacht versorgt ist, gehen die Männer ans Herdfeuer zurück. Der Gast wird mit Speise und Trank versehen, wie es in der abgelegenen Mühle für jeden Wandersmann schon immer der Brauch ist.

Nachdem der Bärenführer noch etwas von der Aberschdorfer Kirmse im „Löwen" und auf dem „Reitplatz" geschwatzt hat, werden beide schläfrig. Der Müller legt sich in seinen Bettkasten; der Gast macht sich auf der Ofenbank lang und bald ist neben dem Knistern des Holzfeuers von zwei Seiten das erholsame, entspannte und gleichmäßige Atmen von Männern zu hören, die ihr Tagewerk reichlich müde gemacht hat und die nichts wecken kann.

Plötzlich quiekt es schrill, wirft sich dumpf gegen die Wand, bummert böse; ein Gepolter, als wäre der Teufel auf der Flucht – und, wie mit einem Tatzenschlag, ist alles wieder stumm.

> Am andern Morgen zog der Mann
> mit vielem Danke weiter,
> dem Bären sah man gar nichts an,
> er lief und brummte heiter.
> Der Müller war bei dem Geschäft
> am besten weggekommen:
> Ein ganzes Jahr hindurch hat er
> vom Kobold nichts vernommen.

Der Mühlenkobold wird wohl zum Revierförster Munzert im „Silberknie" umgezogen sein. Hatte dieser doch berichtet, dass es hinter einem Fensterladen eigentümlich kratzen würde und dann war der Tag gewesen, als dem Jäger auf der „Morea", einem Jagdrevier, unversehens eine Ladung Vogeldunst[56] aus der Flinte gefahren war. Die dabei getroffene Mutschel war ihm auf den Kopf gefallen!

Eines Abends, der Müller sitzt wieder, sich von seiner Tagesarbeit ausruhend, in der Küche, hört er ein leises Kratzen. Die Tür wird einen Spalt breit aufgeschoben, sie knarzt dabei, wovon der Müller aufmerksam wird.

Da schiebt sich ein ungestalter Kopf mit fleddrigen Ohren und platter Nase herein, wie wenn es der alte Rohrbesen wäre, mit dem der Müller gelegentlich den Ruß aus dem Herd herauskehrt. Nur ein Auge blinzelt aus einem wirren Bart und es fragt scheu: „Meister Müller, labt dann die große schwarze Katze noch, die in der Deibelsnacht von der Aberschdorfer Kirmse kam?"

> Der Müller saß zuerst erstaunt
> vor Schreck, doch bange machen
> ließ er sich nicht – er fasste sich
> ein Herz und rief mit Lachen.

---

[56] Feines Schrot

„Jo, Kobold, jo! Dei lewet noch
un hett itzt sewen Jungen!"
Da ist auf Nimmerwiedersehen
der Kobold flugs entsprungen.

Der Müller lacht stillvergnügt in sich hinein und gießt sich noch ein Gläschen nach vom guten Tropfen, den die Müllerin aus Schlehen bereitet hat. Die Tür steht noch einen kleinen Spalt weit auf. Da, wo eben noch der Kobold saß, liegen nur noch ein paar Stäubchen Ruß.

Die Geschichte vom Mühlenkater
Ein Märchen für etwas größere Kinder

Zur Ruhmühle gehört ein alter Kater. Er ist weiß und rot getigert, wird aus diesem Grunde „Roter" gerufen und hat von den vielen Kämpfen in seinem Leben ganz ausgefranste Ohren; Narben verbergen sich unter seinem Fell. Roter ist wohl schon 15 Jahre alt, also einer der älteren und erfahreneren Kater-Herren. Deshalb sind seine Bewegungen nun auch gemessen und bedächtig.

Seit der Hofhund Pcylax[57] nicht mehr auf der Welt ist und die letzte Ruhe am Waldrand der „Stuhleite" gefunden hat, sitzt Roter auf dessen verwaistem Beobachtungsplatz, wenn er nicht gerade seine Kontrollgänge über den Hof, um die Scheune herum oder durch das Sägewerk macht.

Pcylax übersah von Hausstein vor der Tür den Hof, insbesondere aber die vom Feld kommende Hofeinfahrt, um einem Mahlgast rechtzeitig schwanzwedelnd entgegen laufen zu können, mit der Nase an der Hose des Ankömmlings Witterung aufzunehmen und ihn schließlich mit seinem Gespann zur Mühle zu begleiten.

Hatte der Ankömmling nicht die richtige Witterung, bellte Pcylax ein- oder zweimal an tiefes „Wuff", das allen Dieben und Räubern das Blut in den Adern gefrieren ließ. Die blieben wie angewurzelt stehen, bis der Müller kam und sie aus ihrer misslichen Lage befreite oder sie gegebenenfalls in den Gänsestall einsperrte.

Der Rote hatte das vom Leiterwagen aus, auf dem immer etwas Stroh lag, jahrelang beobachtet. Aber nun hatte er den Platz des verewigten Pcylax eingenommen. Die Wohlbekannten begrüßte er, indem er sich erhob, einige Schrittchen entgegen ging und sich mit erhobenem Schwanz am Hosenbein rieb. Unbekannte verfolgte er mit den Augen – gebellt aber hat er nie.

---

[57] Wächter (lat.)

Morgens scheint die Sonne ganz früh auf den Hausstein, mittags ist es dort sommers angenehm kühl und abends kommt die Sonne vom Heinrichstein her manchmal noch eine Stunde zu Besuch. Dann sitzt wohl der Rote, behaglich in die warmen Strahlen blinzelnd, auf dem Hausstein, legt sich schließlich auf die Seite, lässt den Schwanz lässig vom Stein herunter hängen und denkt über sein Leben nach.

Wie ihm seine Mutter mal vor vielen Jahren erzählte, wurde er mit seinen drei Geschwistern – ob es Mädchen oder Jungen waren, das kann man bei den Kleinen ja so schlecht erkennen – wusste damals noch niemand. Er wurde also mit seinen drei Geschwistern im Wirtshaus Gottliebsthal geboren bzw. in dessen unbewohntem Taubenschlag.

Hier war es immer sehr unruhig, eben wie im Taubenschlag. Alle Fuhrleute mussten hier halten, denn der Wirt, damals war das der alte grantige Zien, war nebenher der vom gräflichen Hof beauftragte Brückenzolleinnehmer und hatte daher ewig Streit mit den Leuten. Die meisten wollten am Wirtshaus vorbei, rechts hinunter zur alten Furt. Dabei konnten sie ihre Pfennige sparen. Und die, die mit dem Zien Streit gehabt hatten, hatten auch auf der Rückreise keine Lust mehr, hier einzukehren.

Schließlich wurde die Unruhe auch der Mutter zu viel, sie schnappte uns vier nacheinander im Genick und trug uns über die Straße hinweg ins Gebüsch. Hier wohnten wir einige Zeit in Frieden, sahen die Gespanne und Landleute kommen und gehen, hörten den alten Zien, waren aber weit weg vom Schuss.

Als wir etwas größer geworden waren und uns unsere Mutter schon etwas Festes zum Essen geben konnte, machte sie uns auch mit unseren Nachbarn bekannt, die hinter unserem Gebüsch wohnten. Das war die Familie Loch-Hansen, die mit ihren Kindern in einer Höhle wohnte, die die Leute die „Hansen-Löcher" nannten.

War das ein Spaß, mit den Kindern zu toben, dem Garnknäuel der Mutter nach zu springen oder mit dem Strumpf des Vaters am Stamm der Pappel hoch zu laufen! Das hat uns allen gut getan und die Loch-Hansens freuten sich, dass ihr Brot keine Mäuselöcher mehr bekam, wenn sie vergessen hatten, es in den an der Decke hängenden Brotkorb zu legen.

Aber einen Kater treibt es nach einer gewissen Zeit hinaus aus der Familie in die weite Welt. So begab ich mich auf Wanderschaft über die Zäune, durch die Gärten, über einen großen Berg Winterholz hinweg, einen schmalen Sims entlang und mit einem großen Sprung über die Friesau hinweg in einen wunderschönem Garten. Der hatte ein sonniges Wiesenstück zum Wäschebleichen, die verschiedensten Minzearten zum Schnuppern und eine freundliche dickliche Madam.

Das war die Müllerin. Dem ebenfalls wohlbeleibten rotwangigen Müller, der mit seinen Holzpantoffeln gerade am Wohnhaus zur daran angebauten Mühle herüber geklappert kam, war ich auch genehm. Er ließ mich in die Mühle hineinschlüpfen und ich konnte feststellen, dass hier die Mäuse in einem wesentlich besseren Ernährungszustand waren als bei den Hansens, den armen Schluckern. Aber hier fehlten mir die Kinder sehr!

Eines Tages, die Müllerin hatte mich schon ganz in ihr Herz geschlossen, sagte sie: „Komm Purzel, wir gehen mal in die Küche." Da bekam ich das erste Mal ein Schälchen Milch. Und wenn der dicke Müller fürs Mittagessen einige Fischlein aus dem Mühlenteich oberhalb der Mühle kescherte, bekam ich zu guter Letzt deren Schwänze. Es dauerte nicht lange, so durfte ich mich sogar auf die Fensterbank im Erker des Obergeschosses setzen.

Der Müller hatte nämlich an der nach Mittag weisenden Ecke des Wohnhauses einen Erker anbauen lassen, in dem er sich mittags nach dem Essen auf die Bank setzte, die Beine hochlegte und die Mühle Mühle sein ließ. Die klapperte unentwegt auch ohne seine Anwesenheit. Das ständig klatschende Rauschen vom Mühlrad her machte ihn müde und so faltete er die Hände über dem Bauch und schlummerte ein.

Nach dem reichlichen Essen und der Sonne, die durch den Pelz drang, war auch mir zum Schlummern. Da machte ich plötzlich eine große Entdeckung: Von meinem hohen Sitz im Erker sah ich auf eine spiegelnde Fläche, an deren Rand auf der Gottliebsthaler Floßwiese die Holzknechte dabei waren, Stämme zu sortieren. Da befiel mich das Fernweh!

Wenige Tage nach dieser Entdeckung saß ich wieder auf der Fensterbank, als der Müller aufwachte, nach seiner Zipfelmütze langte und in die Pantoffeln fuhr. Wie immer stand auch ich auf, reckte mich mit einem hohen Buckel und sprang auf den Fußboden, den Müller wieder in die Mühle zu begleiten und nach den Mäusen zu sehen.

Am Gartentor aber tat ich so, wie wenn mich das viele gute Essen wieder verlassen wollte und hob mit der Pfote im lockeren Gartenboden, den die Müllerin gerade für zarte Salatpflänzchen vorbereitet hatte, ganz bedächtig ein Loch aus. Dabei ließ ich mir viel Zeit, so dass der Müller schon in der Mühle verschwunden war und für mich die Tür einen Spaltweit offen gelassen hatte, als ich aber schnell und unbeobachtet über den Weg nach „Spaniershammer" hinweg zur Floßwiese sprang.

Die Holzknechte hatten die Stämme mit Wieden aus jungen Fichten verbunden. Eines der Flöße hatte schon Fahrt aufgenommen, so dass ich einen großen Satz machen musste, um hinüber zu kommen.

Zunächst in langsamer, dann bald schneller werdender Fahrt tauchten wir in das Dunkel eines Brückenbogens ein und ich duckte mich ganz unwillkürlich. Einer der Holzknechte sagte zu einem anderen: „Da der Peter ist sicher auf Brautschau und hat sich dafür eine bequeme Mitfahrgelegenheit ausgesucht."

Wie recht er hatte! Aber von bequem keine Spur. Ich hatte große Mühe die Bewegungen des schwankenden Bodens mit dem

Schwanz auszugleichen und musste mich an unsere Kinderspiele mit dem Strumpf die Pappel hinauf und das Balancieren auf den Spitzen des Staketenzauns erinnern.

Linkerhand zogen die letzten Gottliebsthaler Häuser vorbei, als sich das Floß immer mehr dem rechten Ufer näherte, so dass ich Bange hatte, wir würden dort anstoßen. Von dort aber kam ein zärtliches Maunzen. Ich nahm all meinen Mut zusammen und sprang ans Ufer.

Ich tat mich mit einem allerliebsten Katzendämchen zusammen, silbergrau mit weißen Pfötchen. Wir zogen ins Kammergut „Haueisen" ein. Der große Gutshof war durch das alte Vogtshaus zweigeteilt. Wir richteten uns auf dem einen ein, der gegen Abend lag und lange habe ich gar nicht gewusst, dass es auch einen zweiten, gegen Morgen gelegenen Hof gab. Auf unserem Hof waren Pferde, Schweine und das Federvieh. Die Gänse gingen am Morgen zwischen Stall und Herrenhaus hinunter zur Saale bis der Hütejunge sie am Abend wieder zurück führte. Die bekamen dann noch einige Hände voll Hinterkorn vorgeworfen und verschwanden nach dem Abendessen im Stall. Später kam der lange hemdsärmliche Großknecht mit langen Schritten über den Hof, die Daumen unter die Hosenträger geschoben, warf noch einen Blick in den Stall, machte dessen Tür zu und schob mit dem Fuß einen Stein davor.

Eines Tages aber blieb der Großknecht aus. Später sagte man, er habe sein Liebchen in „Rödelsgrün" besucht. Die Tür blieb also nur angelehnt. Als auf dem Hof nächtliche Ruhe eingekehrt war, schlich ich mich hin und konnte den Türspalt mit der Pfote so weit öffnen, dass ich hinein gelangen konnte.

Die Gänse hatten mich wohl mit dem Ratz[58] verwechselt, denn sie begannen ein fürchterliches Spektakel, so ähnlich, wie der Saaldorfer Bläserchor, als Lola Montez zu Besuch war.

---

[58] Iltis

Der Lärm zu dieser späten Stunde brachte auch Unruhe in den nebenan liegenden Hühnerstall. Die Hühner flogen gackernd auf, wirbelten Staub und Federn durch die Luft. Der Hofhund, nachts von der Kette genommen, damit er besser kontrollieren und sich etwas zu fressen besorgen konnte, kam bellend über den Hof gesprungen.

Schließlich wurde in der Beletage[59] des Herrenhauses ein Fenster aufgestoßen und eine schrille Weiberstimme schrie: „Hau ab, blöder Kater!", denn inzwischen hatte man mich als den Verursacher der nächtlichen Ruhestörung erkannt. In den folgenden Wochen nannte man mich dann nur noch „Hau ab!"

Dieser neue Name juckte mich weniger, aber auf dem zweiten Hof gab es einen hässlichen Kater, der meiner Silbergrauen mit den weißen Pfötchen schöne Augen machte und gelegentlich ein werbendes Hofkonzert veranstaltete. Da ging wieder das Fenster in der Herrschaftsetage auf und eine schrille Stimme fuhr mir durch Mark und Knochen: „Hau ab!"

Öfters gerieten wir aneinander, er bekam Ohrfeigen, ich musste auch welche einstecken. Die dummen Hühner sahen nur zu und pickten an Körnchen herum. Das machte mich verdrießlich, so dass ich mich davon machte und einfach am Saaleufer weiter lief.

Eine Weile kam ich beim Kätner Munzert unter, der ein winziges Häuschen jenseits vom Ziezelbach hatte. Das war eine schöne Zeit! Die ganze Nacht hatte ich frei und am Tag ein Plätzchen auf dem Hausstein oder dem Fensterbrett. Der alte Munzert fing sogar Mäuse für mich. Da lernte ich alle Katzendamen von Saaldorf kennen und - etwas schmerzlich – auch deren Galane.

Wenn der Alte mir morgens die Haustüre aufmachte und als erstes die Ziege füttern ging, sagte er oft: „Ach, Katerchen, wie haben sie dich wieder zugerichtet" und dann tupfte er mir ganz vorsichtig die verwundeten Ohren ab. Aus diesem Grunde mied ich

---

[59] Herrschaftliche Etage

nun das Dorf und durchstreifte Büsche und Gärten bis zum „oberen Schlößchen" hin.

Eines Tages führte die Saale Hochwasser und hatte Stämme auch von den höher gelegenen Floßplätzen mit sich genommen. Eine große Menge davon verkeilte sich unter der Neuhammerer Brücke. Viele Menschen kamen, sich dieses Schauspiel anzusehen; auch der „Photo-König" aus Lobenstein.

Foto: Photo-König, Lobenstein

Der Großknecht vom Gut und die Flößer kletterten auf den Stämmen herum und versuchten mit Haken und Hebeln den Stau aufzulösen. Das Wasser rauschte mit Getöse über die verkeilten Stämme, Zuschauer und Knechte riefen sich Befehle und Ratschläge zu.

Damals war ich noch ein junger Kämpe. Mich muss der Teufel geritten haben, dass ich mit einem Sprung auf der Brücke war und mit einem zweiten auf dem Wirrwarr von Baumstämmen. Der Stamm, auf dem ich mich festkrallte, drehte sich plötzlich unter mir und wurde frei. Der Großknecht, er hatte wohl Angst um mich, schrie durch das Getöse: „Hau ab!"

Da sah man vom Ufer aus, wie der Stamm unter dem Kater noch etwas rollte, sich aber dann stabilisierte, während der Kater ihn von beiden Seiten gepackt hatte, bäuchlings auf ihm lag und mit dem Schwanz um Balance ruderte. Das plötzlich frei gewordenen Wasser hatte einige Stämme mitgerissen, die nun vor der großen Linksbiegung des Flusses in ruhigeres Fahrwasser kamen. Unterhalb vom „oberen Schlößchen" angekommen, hatte der Kater wohl den ersten Schrecken überstanden, hatte sich erhoben und saß leicht geduckt wie zum Sprung. Man sah ihm an, dass er darauf sann, dem ungewohnten Nass zu entkommen.

Die Fahrt geht haarscharf an dem Felsen unterhalb vom „Marienstein" vorbei, beinahe hätte der Stamm ihn gerammt, dann entlang der „Hopfgartenleite" in Richtung auf das „Kreuz" zu. Jetzt knirscht der Stamm über den Kies der Furt am „Polischhammer". Die Kinder, sie waren von ihren Eltern zurück gerufen worden, stehen gestikulierend beisammen, gucken mit aufgerissenen Augen auf die vorbei segelnden Stämme und rufen: „Da fährt ne Katz".

Unter dem Stuhfels verlangsamt sich die Fahrt, der Stamm mit dem Kater treibt in die Mitte. Der Kater hat den Absprung verpasst.

Nun wird die Wasserfläche breiter, die am Stuhfels anstoßende Strömung dreht die Fahrtrichtung der Stämme mehrmals gemächlich im Kreise. Dann steht der Kater auf, nimmt alle vier Pfoten zusammen und dreht sich immer wieder in die neue Richtung. In der Ferne ist schon das „Silberknie" in Sicht, aber das Ufer ist so weit entfernt, dass dem tapferen Kater der Mut schwindet.

Je näher aber der unfreiwillige Flößer dem „Silberknie" kommt, umso leichter erscheint ihm doch diese Prüfung. Ein Duft umweht seine Nase, der ihn selig und wohl auch ein bisschen schwindelig macht, so dass er in sanften Träumen plötzlich wieder kräftig zupacken muss, um nicht vom wieder etwas rollenden Stamm ins Wasser zu fallen.

Jetzt gibt es unvermittelt einen Ruck, der Stamm sitzt vorne fest und schwenkt hinten langsam quer zur Strömung dicht oberhalb vom Wehr. Jetzt muss der Kater schnell entscheiden, ehe nachfolgende Stämme seinen Stamm über das Wehr drücken.

Ein Sprung nach rechts würde zum „Silberknie" führen, der nach links zur „Ruhmühle", die ganz unvermittelt hinter dichtem Buschwerk aufgetaucht ist. Da der betörende Duft von dort kommt, ist seine Entscheidung schnell getroffen. Ein langer Sprung bringt ihn auf die Spur der allerliebsten, unvergleichlichen und einzigen „Mimi".

Der alte Kater auf dem Hausstein hat die Augen geschlossen, leckt sich ein paarmal über die nebeneinanderliegenden Vorderpfoten und denkt noch einmal an die freundliche Aufnahme in der „Ruhmühle". Der Ruhmüller sagte gleich: „Na, Roter, dich können wir hier gerade noch gebrauchen." Und so hatte er es wohl auch gemeint. Der alte Pcylax war schon nicht mehr so beweglich wie in früheren Jahren und so musste ich die Aufgaben übernehmen, die er nicht mehr bewältigen konnte.

Ich musste die Leiter hinauf, den Heuboden kontrollieren, in der Dachrinne für Ordnung sorgen, über die Dächer laufen und die Elstern vertreiben, wenn sie ans Hühnerfutter gingen. Im Kuhstall musste ich beim Melken helfen, die Wollknäuel der Mägde rollen und verschiedenste Häkelarbeiten für die Müllerin anfertigen.

Und die Kinder sind inzwischen auch alle in die Welt hinaus gezogen, wie ich damals mit der großen Floßfahrt.

So hatte der Rote sein Leben vor seinem inneren Auge vorbei ziehen lassen, mal die Ohren nach einem Geräusch gewendet, mal mit der Zunge über die Pfote geleckt und gelegentlich bei einer besonders schönen Erinnerung die Augen geschlossen.

Jetzt kommt der Müller vom Wehr auf das Haus zu und geht die Stufen hoch, der Rote erhebt sich, buckelt und streckt sich, mit dem hochgestellten Schwanz reibt er sich schmusend am Stiefel des Müllers. Der beugt sich vor und streicht ihm mit der Hand über den harten entgegengestreckten Kopf. Der Rote schlüpft ins Haus, sobald die Tür einen Spalt auf ist, läuft zu seinem Schüsselchen, doch das ist leer. Deshalb beeilt er sich, mit dem Müller in die Küche zu huschen, nachdem dieser die Stiefel abgestellt und die Joppe an den Rechen gehängt hatte.

Der Rote springt aufs Fensterbrett neben den Myrthenstock, guckt noch einen Augenblick hinaus, rollt sich dann zusammen, legt den Kopf auf die Vorderpfoten und schließt die Augen für einen Moment. Gleich gehen die Lider wieder hoch und er blinzelt schlaftrunken zu seinen Menschen. Er träumt wohl davon, dass er die Mäuse zur Ordnung rufen muss.

Schließlich sieht man ihn die Leiter hinauf klettern und in der Luke des Heubodens verschwinden. Wohl dem Müller, der so gute Helfer hat.

Französische Soldaten plündern den „Grauen Affen"

Ein Tatsachenbericht
von Johanne Sophie Henriette Ott[60]

„Im Jahre 1806 hatten meine Eltern das Unglück, alles ihr Hab und Gut durch den französischen Krieg zu verlieren.

Als an diesem Abend die große Armee bei unserem Haus ins Nachtlager rückte und von meinen Eltern niemand mehr zur Tür hinaus konnte, so ergriff mein Vater in der größten Angst mich, meine fünf jüngeren Geschwister, nebst unserer guten Mutter und suchte, obgleich mit großer Gefahr, uns doch noch zum Haus hinaus zu bringen.

Grüner Esel und Weißer Trutz

Es blieb uns nun kein anderer Rat übrig, denn es war schon finstere Nacht, als unser Nachtlager im Wald zu suchen, mein Vater rief uns noch nach ‚Gott sei unser Begleiter!' und so ging er fort.

Das jüngste von meinen Geschwistern war 19 Wochen alt und ich musste meinen Bruder tragen, der drei Jahre alt war, worüber ich einmal ums andere niederfiel, wir weinten alle, denn wir hatten

---

[60] Damals 13 Jahre alt.

nichts gegessen und waren auch nur notdürftig bekleidet, da wir doch in der Eile nichts als unser Leben hatten retten können. Im Wald fanden wir keinen Platz, bis wir endlich auf den Heinrichstein kamen und eine Höhle fanden, in der wir uns die Nacht über aufhielten und die Zeit in Tränen verbrachten, da an Schlaf nicht zu denken war. Meine Mutter und ich mussten mit unseren wenigen Kleidern noch meine kleinen Geschwister zudecken, die in der kalten Oktobernacht vor Frost zitterten und weinten. Es war eine grausame Nacht."

Grüner Esel und Grauer Affe

Am Morgen wurde sie von der Mutter nach Hause geschickt, um nach dem Vater zu sehen. Unterwegs wurde sie von einem Franzosen bedroht, der sie aus dem dichten Wald herausführen sollte. „Er fluchte fürchterlich, warf mich nieder, trat mich mit Füßen und zog seinen Säbel aus der Scheide."

Ein Nachbar fand sie und begleitete sie nach Hause. Das Haus und der Vater waren ausgeplündert. Erst nach einer Weile zogen sie wieder ins Haus, in dem kein Möbelstück übrig geblieben war, sie schliefen auf Stroh und hungerten.

Paul Beyer
Sein Bruder Kurt erzählt

Unsere Familie lebt schon seit vielen Generationen in dem 1844 oberhalb des oberen Teiches errichteten Hause, das heute die Nr. 77 trägt. Mein Vater, er war der zweitgeborene Sohn der Familie, hatte Schuhmacher gelernt und sein älterer Bruder übernahm den Hof mit 10 ha Land. Als dieser aber aus dem ersten Weltkrieg nicht mehr heimkehrte, übernahm Vater Haus und Hof.

Meine Eltern hatten sieben Kinder, vier Jungen, von denen zwei in Russland fielen, und drei Töchter. Der Vater starb schon vor Ende des zweiten Weltkrieges und Mutter führte die kleine Landwirtschaft weiter. Später übernahm dann Paul – er war der Ältere[61] von uns beiden - die Landwirtschaft.

Nach Kriegsende wurde auf der Grundlage der von der SMAD (Sowjetische Militäradministration Deutschlands) erlassenen Bodenreformgesetze vom 2. September 1945 das Ebersdorfer Kammergut zerschlagen, zu dem auch die Flur „Alten-Ebersdorf" gehörte. Auch Nachbarn, die kein Zugvieh hatten, erhielten Land; Bruder Paul hatte sich bereit gefunden, mit seinem Ochsengespann auch dieses Land zu bearbeiten.

1956 war das Frühjahr recht spät gekommen, so dass die Bauern sich beeilen mussten, die Pflanzkartoffeln zu legen. An einem schönen Frühlingstag, es war der 24. Mai, war Paul ebenso wie andere mit dem Kastenwagen zum Feld hinauf gefahren. Die Ochsen gingen ihren ruhigen Schritt, Paul ging nebenher.

Am Nachmittag, es muss zwischen 3 und 4 Uhr gewesen sein, schlug das Wetter ganz plötzlich um. Von der Ruhmühle im Saaletal kamen dicke Gewitterwolken mit plötzlich einsetzendem starken Wind herangesegelt. Alle wussten, wenn das Wetter von dort kommt, dann kann es böse werden. Paul hatte das Ochsenpaar schon vor den beladenen Wagen gespannt und lief neben dem

---

[61] Geboren am 27. März 1929

eisenbereiften linken Vorderrad. Er trieb die Tiere durch Zuruf zur Eile an. Nach wenigen Schritten traf ein Blitz Paul und das Gespann.

Als die Nachbarn auf dem Felde zu Hilfe eilten, erhob sich der rechte Ochse wieder, Paul und der linke Ochse blieben liegen.

Heimgekehrte Nachbarn berichteten, dass mein Bruder tot auf dem Felde liegen würde. Ich fand ihn neben dem Gespann ohne eine sichtbare Verletzung. Das linke Ortscheit[62] hatte auf der Unterseite eine Beschädigung, hier war ganz frisch ein Holzspan herausgerissen worden.

Paul erhielt von seinen Kameraden einen Gedenkstein und im April 2004 setzten wir einen Vogelbeerbaum daneben[63].

---

[62] Scheit zur Befestigung der Stränge am Waagebalken eines Fuhrwerks
[63] Siehe auch „Die alte Barbara – eine sehr alte Geschichte" auf Seite 93

Die Ida hatte nichts gesehen
Eine Erzählung mit wahrhaftigem Hintergrund

Nach dem großen Krieg lebte in einem der kleinen Dorfhäuser ein altes Frauchen, nämlich die Ida. Hier auf dem Dorfe brauchte es keinen Nachnamen; jeder wusste schon beim Vornamen, wer damit gemeint war.

Ida hatte, als sie noch Idchen gerufen wurde, mit den Jungen am Dorfbach gespielt, als plötzlich einer ihrer Holzpantoffeln davon schwamm und mit dem Bach beinahe unter Neumeisters Scheune verschwunden wäre. Otto war hinterher gesprungen und hatte ihn gerettet. Dies und dann noch andere Begebenheiten hatten dazu geführt, dass beide ein Paar wurden und der Pfarrer sie einsegnete.

Otto war Kalfaktor im Schloss geworden, das war der Ofenheizer, der winters die weit über 50 eisernen, porzellanenen und gekachelten Öfen heizen und in Ordnung halten musste. Ida war Tagelöhnerin im Kammergut gewesen, hatte Kartoffeln gelegt, Korn gebündelt in Garben und zu Puppen aufgesetzt, Fichtenstreu für den Kuhstall gehackt, gemolken und gelegentlich auch mit gefeiert, wenn es in der „Guten Quelle" etwas zu feiern gab.

Beide waren in ihrem Häuschen alt geworden. Otto war seiner Ida kurz vor dem Kriegsende in den Tod voraus gegangen, gleich nachdem die Todesnachricht des einzigen Sohnes aus dem umkämpften Schlesien gekommen war.

Ida konnte ihren kleinen Haushalt noch alleine versorgen und die Ziege tagsüber auf die Bleichwiese am Kammergut bringen. Dieses Recht war ihr ein Privileg geworden, auf das sie ein wenig stolz war. Sie hatte es noch vom alten Rümmler, dem letzten Gutspächter, bekommen und die neuen Herren hatten es nicht gewagt, der ehemaligen Tagelöhnerin dieses Recht streitig zu machen.

In ihren letzten gemeinsamen Jahren hatten Otto und Ida häufig an die alten Zeiten gedacht, hatten sie doch nicht nur zusammen gespielt. Sie gingen beide noch in die alte Schule am Kirchplatz und waren immer dabei, wenn die Fürstin an hohen Feiertagen auf der unteren Schlosswiese die Kinder des Dorfes beschenkte. Das war immer um dem 4. September herum, dem Geburtstag der Fürstin Elise, einer geborenen Hohenlohe-Langenberg.

Jetzt hatte Ida gelegentliche Begegnungen mit einer Person, die sie sehr verehrte und auf deren Bekanntschaft sie ebenso stolz war, wie auf das Nutzungsrecht der Bleichwiese: Fräulein Kindler, ein ebenso kleines und altes Frauchen wie sie selbst – aber viel schwächer. Diese hatte bis zum Einmarsch der sowjetischen Truppen ihr Zimmer und die tägliche Versorgung im Schloss, wo sie auf dem Bibliotheksflur des hinteren Flügels gewohnt hatte. War sie doch in jüngeren Tagen die Lehrerin der Prinzessin Sissi gewesen. Fräulein Kindler – zu ihr sagte natürlich niemand Wilhelmine – war von Renkewitzens Johanna aufgenommen und liebevoll umsorgt worden.

Wenn Fräulein Kindler, im Ebersdorfer Sprachgebrauch war sie „die Mine", sich ein paar Schrittchen in den Schlosspark wagte, hatte Ida sie bald eingeholt und die beiden alten Frauen schwatzten von der guten alten Zeit, die fast ein halbes Jahrhundert zurück lag.

Meistens aber ging die Ida alleine, aus alter Gewohnheit immer ein Körbchen und einen Küchenschnitzer bei der Hand. Zu jeder Jahreszeit gab es etwas Nützliches aufzuheben. Pilze, Beeren, ein paar Dietseln für die Ziege, Eicheln für Nachbars Schwein, fette Bucheckern für den kalten Winter wie auch Mutscheln zum Feuern. Manchmal war es auch nur ein blühender Zweig für die Vase auf dem Fensterbrett.

Eines Tages, es mag das Jahr 1949 gewesen sein, war Ida wieder auf einem ihrer „Pirschgänge", so hatte Otto diese mit einem Augenzwinkern immer genannt. Die Buschwindröschen hatten unter den noch kahlen Laubbäumen im „alten Park" einen dichten phantastischen Blütenteppich gezaubert, als sich Ida plötzlich erinnerte, dass es gerade heute vor 20 Jahren war, dass Fürstin Elise die Augen für immer schloss. Da kamen die Kindheitserinnerungen vor ihrem inneren Auge wieder hoch. Sie beugte sich tief, wie früher beim Rübenverziehen, und hatte bald einen dicken Strauß Anemonen gepflückt, den sie der Elise auf die Grabplatte legte. Dann ordnete sie die Blumen noch einmal etwas anders und wandte sich wieder heimwärts. Nach einigen Schritten blieb sie erneut stehen und schaute noch einmal zurück, machte ein zufriedenes Gesicht und ging dann weiter.

Fürstliches Grabmal im Park[64]

Zwei Tage später war in Ebersdorf eine eigenartige Unruhe. Fremde Männer, immer zu zweit, liefen durch die Gassen, verschafften sich Einlass in die Häuser, strichen über die Höfe, befragten die Bürger. Gelegentlich kamen sie aller im „Beamtenhaus" zusammen, in das neuerdings die Gemeindeverwaltung eingezogen war. Dann verteilten sie sich wieder und an den nächsten Tagen stiegen sie erneut die Treppen hoch, hantierten mit Aktentaschen, befragten Leute und trafen sich wieder.

---

[64] Aufnahme von 2004, noch mit ehemaliger, aber ungepflegter Eiben-Hinterpflanzung. Zu DDR-Zeiten standen Eiben unter strengem Schutz. Sie durften nicht entfernt werden.

Die Ida hatte davon gar nichts mitbekommen. Ihre wenigen Einkäufe erledigte sie schon beizeiten beim Bäcker Herzog, bei Elise Korf in der Postgasse und bei Neumeisters Max, dem Fleischer. Ausnahmsweise ging sie auch nachmittags einkaufen, wenn Prellers Moritz seine Freibank im Hof aufstellte. Viel gab es sowieso nicht, die Lebensmittelkarten reichten gerade zum Überleben.

Eines Tages ging sie wieder in den Schlosspark mit dem Handkorb, dem Messer, mit Schürze und Kopftuch – eben wie immer! In dem alten Park ging sie, den Blick auf den Boden gerichtet, suchend umher. In der Nähe vom „Gotischen Häuschen", das nun schon weitgehend abgetragen war, stand ein alter Laubbaumstubben, an dem es manchmal schon früh im Jahr einige der begehrten Stockschwämmchen gab. Freilich war das Häuschen schon 1945 zerschlagen und ausgeraubt worden. Später waren auch noch brauchbare Fundamentsteine für den Bau der Neubauernhäuser abgeholt worden. Ein Häufchen Schutt war geblieben.

Und tatsächlich, die ersten Büschel der Stockschwämmchen waren sichtbar. Ida nahm sich die größeren Hüte und tarnte den Stubben wieder mit Laub.

Zwischen den Eiben hinter dem Grabmal bewegte sich plötzlich etwas. Ida richtete sich auf, kniff die Augen etwas zusammen, um schärfer zu sehen, duckte sich aber gleich wieder, als sie zwei Männer erkannte. Zwei Männer in Ledermänteln (!) und mit Hüten (!). Bei sich dachte sie: „Wos sin des for Ölberer, mit'n Hut?"

Während sie noch versuchte, das Rätsel zu lösen, stand plötzlich ein dritter Ledermantel neben ihr, ebenfalls mit Hut. Der sagte freundlich – und Ida musste unwillkürlich an den Wolf beim Rotkäppchen denken: „Na Muttchen, Pilze gesucht?" Ida zog ihr Körbchen an sich und sagte karg: „Joh". „Haben Sie in den letzten Tagen hier Personen beobachtet?", fragte der dritte Ledermantel. „Da hat doch jemand Blumen auf das Grab der Ausbeuter gelegt."

In Ida stieg es heiß auf, ihre Augen weiteten sich, aber ganz ruhig sagte sie: „Ich hab nix gesehen, Oich weees nix!" Damit war der kurze Dialog beendet, der Ledermantel verabschiedete sich. Ida nickte nur und schlich, innerlich noch zitternd, nach Hause. Das Kopftuch hatte verdeckt, dass sie zunächst puterrot und dann ganz blass im Gesicht geworden war. Zu Hause angekommen, musste sie sich erst mal auf die Holzkiste setzen, ehe sie wieder aufstand und das Kopftuch abnahm.

Ein Denunziant, ob es nun der Genosse P. oder die Genossin L. waren, hat keiner je erfahren, hatte eine Meldung über einen provokatorischen Blumenschmuck auf dem Grab eines feudalistischen Ausbeuters dem Staatssicherheitsdienst gemeldet.

Und der hatte tagelang erfolglos gefahndet, die Ida hatte ja nichts gesehen!

Das Geheimnis der Zeche „Stahlhäuslein"

Im Herbst des Jahres 1945 waren meine Mutter und ich in ein Zimmer des großen Brüderhauses eingewiesen worden, das damals die Hausnummer BGM 6A trug. Ich war gerade 13 Jahre alt geworden.

Schon bald hatte ich Kontakt mit Herrn Wagner, der im Brüderhof unter dem Kinderheim „Sonnenschein" seine Werkstatt betrieb. Es überraschte mich, dass einer mit dem Namen Wagner auch den Beruf eines Wagners ausübte!

Der alte Herr, der hier mit seiner schon weißhaarigen und sehr freundlichen Frau wohnte, werkelte den ganzen Tag. Er reparierte Handwagen, die damals zu den notwendigsten Dingen des Alltags gehörten, so, um Holz aus dem Wald, Kartoffeln vom Feld oder ein Paket oder Koffer vom Bahnhof zu holen. Er stielte Arbeitsgeräte neu ein, baute sogar Möbel für das Kinderheim.

Man erzählte sich, er sei als junger Mann ein Revoluzzer und sehr umtriebig gewesen. Mir war er immer sehr zugetan und erzählte gern von alten Tagen in Ebersdorf.

So habe früher in einer Höhle am Heinrichstein ein Eremit gelebt und in einem verlassenen Bergwerk, das sich von dort bis nach Gottliebsthal hingezogen habe, hätte eine ganze Kompanie französischer Soldaten gehaust.

So erstreckten sich meine Erkundungsgänge in den folgenden Monaten vorwiegend auf die Umgebung des Heinrichsteins.

Die Nische, die sich östlich der linken Felsbastei befindet und die kleinen Felskammern am abwärts führenden Saumpfad, der einen endlich zum Fuchssteig bringt, waren für französische Truppen zu klein und in dem Loch zwischen kleinem und großem Heinrichstein hatte sich in meiner Phantasie bereits ein Eremit einquartiert. Auch das war für französische Truppen zu klein!

Eines Tages, es mag im Jahre 1946 gewesen sein, ging ich auf dem Kammweg in Richtung Saaldorf. Am „Ärgernis" bog ich halbrechts ab und folgte damit dem Weg, den mir der Schloßkastellan Otto Krög gezeigt hatte, als wir gemeinsam zum Schloß Weidmannsheil in Saaldorf gelaufen waren. Er hatte dort ebenfalls die Schlüsselgewalt und wollte nachsehen, ob das Personal das Schlösschen in guter Ordnung hielt.

Etwa auf der halben Strecke zwischen der Einmündung dieses Weges auf den Kammweg und dem Karrenweg, der steil rechts zur Schafsbrücke hinunter führt, grenzte sich linkerhand eine Lärchenschonung, von der auch heute (2015) noch Lärchen als große Bäume stehen, gegen den Fichtenforst ab.

Auf dieser Grenzlinie ging ich einige hundert Meter auf die Saale zu und stand plötzlich an einer Felswand, von der sich ein Blockmeer in Richtung auf das Saaletal ausstreckte; nicht nur mit Moos und Kräutern, sondern mit Büschen von Hirschholunder und Haselnuss bewachsen, offenbar bergschüssiges, d.h. taubes Gestein, welches aus einer Grube als Abfall einfach den Berg hinunter gekippt worden war.

In der Felswand war eine Öffnung, in die ich nur etwa 5 bis 6 Meter eindringen konnte. Am nächsten Tag war ich mit einer Stalllaterne bewaffnet wieder am gleichen Ort. Eine Bergzimmerung, wie ich sie später in den Luxlöchern fand, war hier nicht zu sehen. Vielleicht war diese aber schon längst total zu Humus zerfallen?

Die offenbar von der Decke herunter gebrochenen Felsbrocken (das Hangende, Firstbruch) lagen so, dass lediglich ein quer liegender Spalt entstanden war, der gerade so viel Platz ließ, dass ich meine Stalllaterne aufrecht stellen konnte. Auf dem Bauch liegend aber konnte ich meine Arme seitlich weit ausstrecken.

Jetzt kam mir der Gedanke, dass ich feststeckte, wenn der Spalt sich auch nur um einen Zentimeter verengen würde - und beschloss den Rückzug.

Vorher tastete ich aber den Spalt noch einmal ab und fühlte plötzlich in meiner rechten Hand einen beweglichen Gegenstand. Mein Herz schlug rasend, fühlte ich doch, dass dieser Gegenstand aus Metall sein musste! Vorsichtig zog ich ihn zu mir in den Lichtschein der Kerze und machte eine mich sensationell anmutende Entdeckung: An einer rohrförmigen Messinghülse befand sich ein zur Spitze hin verjüngender kantiger Stahl mit drei Blutrinnen – ein baionette, ein französisches Seitengewehr.

Wenn mir bisher auch nur der geringste Zweifel an den Erzählungen des alten Wagner gekommen wäre, jetzt hätte ich ihn vollkommen abgelegt. Das wertvolle Fundstück versteckte ich im Gebälk des obersten Bodens im Großen Brüderhaus nahe dem Fenster, von dem man in den Pohlig hinein sieht.

Nach einigen Jahren war es verschwunden und der Bergwerkseingang ist wie andere alte Zechen kurz vor der Wende noch durch die DDR-Behörden verbaut worden.

Nach über 60 Jahren erinnerte ich mich an mein Kindheitserlebnis und suchte nun nach dem roten Faden der Geschichte, die hinter meiner damaligen Entdeckung stehen könnte.

Heutzutage sieht man vom Heinrichstein auf die große Schleife der Bleilochsperre, die eine breite Landzunge auf der gegenüber liegenden rechten Seite der Saale umgrenzt. Sie ist dicht bewaldet, vorwiegend mit Fichten, verstreuten Buchen, einigen Linden und Eichen, wie all die Hänge ringsherum.

Für unsere Geschichte müssen wir uns aber in die Napoleonzeit zurück versetzen. Am Ende des 18. Jahrhunderts sah das alles ganz anders aus!

Die Nonnenplage hatte dazu geführt, dass weite Waldflächen abgeholzt werden mussten. Diese Notlage zog Waldarbeiter, Köhler, Schmiede, Eisenknechte und Bergknappen nicht nur aus Thüringen an. Sie kamen aus allen Gegenden, viele aus Böhmen. Alle Berufe, die die Eisengewinnung und –verarbeitung, die hier im Saaletal schon über Jahrhunderte zu Hause war, wieder in Schwung bringen sollten.

Eine Aufschwung-Stimmung bewog 1795 den Wildmeister Rödel auf der Böschung des rechten Saaleufers ein kleines Eisenwerk zu errichten. Heute sind bei Niedrigwasser lediglich zwei parallel zueinander verlaufende Mauerreste zu sehen.

Vor der Aufstauung der Saale zum Stausee hat man die kleine Siedlung, in der mehr als 40 Personen lebten, beim Blick in Richtung Saaldorf so sehen können, wie auf dem nachfolgenden Bild.

Der „Rödelshammer", den man später auch „Polnischer Hammer" nannte, wurde von der Eisensteingrube „Stahlhäuslein" mit Rohstoffen versorgt, wie auch die größere benachbarte Siedlung

152

„Neuhammer", auf deren Gelände heute ein Bootsverein seine Heimat gefunden hat.

Der erste Anschlag für die Zeche „Stahlhäuslein" soll bereits um 1500 gemacht worden sein.

1799 geht der „Rödelshammer" in den Besitz des Schwiegersohnes von Rödel, Johann Ernst Bernhard Sternecker über, der sich als geschickter Wirtschafter erweist. Begünstigt durch die nahe gelegene Hopfenkultur, genannt „Hopfgarten", – sie war auf einer Rodungsfläche angelegt worden, da bereits seit 1516 nur noch Hopfen als Zutat zum Bier erlaubt war – und den großen Durst, den die Arbeit im Walde und die unbarmherzige Hitze in den vielen kleinen Eisenbetrieben im Saaletal verursachte, hatte er 1803 sogar ein eigenes Brauhaus errichten können.

Die Eisenverhüttung hatte er in die Hände des erfahrenen Hammerschmiedes Friedrich Frank gelegt, der damit auch die Aufsicht über die im „Rödelshammer" lebenden Familien übernommen hatte, die sowohl im Eisenwerk, aber auch im Wald und auf dem Feld arbeiteten.

1805 kam Trauer über die kleine Gemeinschaft, war doch ihre gute Seele, die Friederike, des Hammerschmieds Ehefrau gestorben. Das „Lobensteiner Intelligenzblatt" berichtete, dass sie in einem für damalige Zeiten hohen Lebensalter von 74 Jahren, 2 Monaten und 3 Tagen die Augen für immer geschlossen habe.

Ganz früh im Jahr 1806 war ein Wanderbursche aus dem Bayerischen angekommen und hatte seinen Wirtsleuten berichtet, dass sich dort etwas Ungutes zusammenbraue.

Es war just in jenen Tagen, als in des Morgens Frühe der Ruhmüller mit der Fischkiepe gekommen war und sich am Herdfeuer ein wenig aufwärmte. Man hatte ein halbes Stündchen zusammen gesessen und die Meinungen über die befürchteten Kriegszeiten ausgetauscht, bis die hungrige Ziege aus dem Stall gekommen war, in Ungeduld den Wassereimer umstieß und der Müller schließlich den Heimweg zur Ruhmühle angetreten hatte.

Um Preußen politisch zu isolieren, gründete Napoleon zusammen mit Bayern, Württemberg, Baden, Berg und Hessen sowie einigen Kleinstaaten 1806 den Rheinbund. Am 1. August traten diese Staaten aus dem Deutschen Reich aus. Nur Sachsen, Braunschweig und Sachsen-Weimar hielten zu Preußen.

Tatsächlich hatten sich im Herbst des Jahres 1806 in den bayerischen Bereitstellungsräumen bei Kronach, Königshofen, Bamberg, Amberg und Würzburg insgesamt bis zu 263 000 Mann unter ihren Marschällen versammelt, dazu eine verstreut stationierte Kavallerie-Reserve unter Marschall Murat mit einer Stärke von 17 000 bis 18 000 Mann. Dazu kam noch die Garde, bei der sich der Kaiser Napoleon befand, mit einer Stärke von 8 000 bis 9 000 Mann. Insgesamt eine gewaltige Streitmacht.

Nachdem die zu Preußen gehörende Markgrafschaft Ansbach von napoleonischen Truppen eingenommen worden war, stieß die riesige Heermasse am 8. Oktober in mehreren Marschblöcken in nordöstlicher Richtung vor. Der mittlere Marschblock erreichte am gleichen Tag bei Rodacherbrunn die neutralen reußischen Fürstentümer. Am folgenden Tag erschien der Kaiser mit der Garde in Ebersdorf und bezog im Schloss sein erstes Quartier auf diesem Feldzug.

Napoleon vertrat die Meinung, dass das Land den Krieg zu ernähren habe, während die preußischen Truppen selbst große Mengen an Hafer und Heu zur Versorgung der Pferde im Troß mitführten.

Trotzdem erwies er sich als erforderlich, dass auf den bis 1814 ständig benutzten Verbindungswegen, zu denen auch die durch den Pohlig ziehende Heerstraße gehörte, für Kurierdienste, Nachschub und Gefangenenzüge frische Pferde für einen schnellen Wechsel in den Relais-Stationen zur Verfügung standen. In ihrem Hintergrund musste für eine große Auswahl ausgeruhter Pferde gesorgt werden.

Wenn man davon ausgeht, dass ein Arbeitspferd im Jahr den Ertrag von einem Hektar Land benötigt, war abzusehen, dass jede beweidbare Fläche beschlagnahmt werden würde. So wurden die Pferde auch in den „Hopfgarten" hinein getrieben, dort „gehütet", weshalb die Landzunge später auch die Bezeichnung „Napoleonshut" erhielt.

Eines Tages war ein Tross hoch bepackter Bagagewagen von „Neuhammer" her auf dem Weg über die Stauwiesen gekommen, hatte in der Furt zum „Rödelshammer" die Saale gequert.

Fremdartiges Stimmengewirr, laute Rufe, knarrende Räder, eine rot-weiß-blaue Fahne und das Ausspannen der Pferde riefen als erste die Kinder der Siedlung zu den Soldaten. Einige Männer traten vor die Tür.

Da folgte den Wagen mit Karacho, Getöse und aufspritzendem Saalewasser ein Herde gehalfterter Pferde, umringt von einer Eskadron französischer Kavallerie.

Die Pferde wurden in den Hopfen getrieben, begleitet von zwei *cavaliers*.[65] Die übrigen Soldaten entluden die *bagage*[66], bereiteten ihr *bivac*[67], machten ein loderndes Feuer, holten aus den Häusern und der *remise*[68] alles, was sie gebrauchen konnten: Töpfe, Brennholz, Branntwein, Hühner.

Nachts brannten die Wachfeuer. Wenn ein Holzkloben hinein geworfen wurde, stiegen tausende Funken in den Nachthimmel.

Männer, Frauen und Kinder standen hinter den Fenstern, die Türen waren verrammelt.

---

[65] Reiter
[66] Gepäck
[67] Biwak
[68] Remise, Schuppen

Am nächsten Morgen waren neben den Pferden und einer Menge Schirr- und Sattelzeug nur noch drei französische Soldaten geblieben. Einen riefen sie *Martin*.

Der alte Hammermeister wusste zu erklären: „Die parlieren[69] wie die Herrschaft und die Kavaliere, die anno 1754 zur Wolfsjagd in Schlegel zusammen kamen. Mein Vater war bei den Treibern. Keiner hat aber einen Wolf gesehen!"

Bald war der Alte dem Martin recht zugetan. Beide radebrechten miteinander in einem Kauderwelsch von Thüringisch, Französisch, Bayerisch und Böhmisch, verstanden sich oft, manchmal aber auch nicht. Auf des Alten Frage nach Martins Familiennamen hatte der verstanden, der Hammermeister wolle wissen, was er zu Hause in Frankreich arbeiten würde und antwortete schnell „berschär". Als der alte Frank ihn fragend ansah, ritzte Martin mit der Sattlerahle, die er zur Reparatur von Zaumzeug gerade in der Hand hielt, in die Tischplatte, an der beide saßen „berger".

Zwar würde das auf Deutsch so viel wie Schäfer heißen, aber keiner stieß sich daran, dass der freundliche Fremde jetzt nicht mehr nur Martin, gelegentlich aber auch Berger genannt wurde.

Sicher war Martins Arbeit als Schäfer, der Umgang mit Tieren ausschlaggebend dafür gewesen, dass er die Aufsicht über die Krümper-Pferde[70] erhalten hatte. Während die beiden Kameraden immer mal ausgetauscht wurden, blieb der Martin. Ihm lag das Kriegshandwerk wohl nicht so und er lehnte sich gerne an die Vaterfigur des alten Meisters an und wurde zu einem gern gesehenen Mitglied der kleinen Gemeinschaft.

Häufig kam ein Kurier in großer Eile und verlangte frische Pferde. Martin suchte sie aus und dann ging die Kavalkade[71] meist gleich

---

[69] Sprechen (Französisch war die Umgangssprache in gehobenen Kreisen.)
[70] Überzählige Pferde
[71] Reiterzug

durch die Furt den Berg hinauf auf den Kammweg. Nur noch selten verkehrte hier die Postkutsche, nachdem eine bei einer Kollision mit den frischen Pferden in tausend Trümmer gegangen war.

Im Pohlig wurden die Pferde gewechselt und es gab genügend Gelegenheit, auch Nachrichten auszutauschen. Anschließend ging der Zug der abgetriebenen Pferde in gemächlichem Schritt den Kammweg hinauf, nachdem sich alle an der Frisau ausgiebig gelabt hatten.

Im „Rödelshammer" angekommen, besprachen Martin und der alte Meister die neuesten Nachrichten und berieten sich.

Als der Alte die Augen für immer geschlossen hatte, fragten alle den Martin, wenn etwas entschieden werden musste, etwa wann der Hafer gemäht werden sollte, wenn einer krank war, im Wald oder am Schmelzofen einen Unfall hatte, auch als sich nach tagelangem Regen die von der steigenden Saale von den Floßwiesen mitgenommenen Stämme in der Furt verkeilt hatten.

Die Leute berieten sich auch mit Martin, was sie tun sollten, wenn sie in die gleiche Situation kommen würden wie die Seubtendorfer. Die waren schon im ersten Kriegsjahr von bayerischen Füsilieren[72] überfallen worden, hatten sich aber so gut gewehrt, dass 15 tote Bayern liegen blieben. Auch in Kühndorf hatten die Füsiliere eine Fackel ins Heu geworden und der ganze Ort war abgebrannt.

Im zweiten Kriegsjahr 1807 sahen sich auch die bisher neutralen Reußenländer genötigt, dem Rheinbund beizutreten und die Landeskinder den französischen Werbern auszuliefern. Die waren nicht zimperlich, mit Versprechungen und Branntwein aus ihnen Rekruten zu machen.

Reuß und Schwarzburg sollten zusammen 450 Mann Infanterie stellen. Da hieß es gelegentlich schlau zu reagieren, auch wohl ein gutes Versteck zu finden.

---

[72] Angehörige einer leichten Infanterieeinheit

Die ständigen kriegerischen Unruhen, umherziehende Marodeure und ein Rückgang der Geschäfte mit Eisenwaren, auch wegen der abgelegenen Lage, ließen das „Stahlhäuslein" allmählich verwaisen. Da war es schon von Vorteil, drei französische Soldaten auf seiner Seite zu haben mit dem Martin an der Spitze.

Von einem der letzten Karren, der Schmiedeware abholte, erfuhren die „Rödels-Leute", es war das Jahr 1808, dass die Bauern von Rauschengesees alles an Hafer zusammen kratzen mussten, um die bayerischen Truppen zu versorgen, die in Röppisch, Friesau und Zoppoten einquartiert waren. In diesen Dörfern hatten sie schon jedes Haus, jede Scheune und jeden Stall ausgeplündert.

Die Rauschengeseer mussten auch für durch Ebersdorf marschierende Franzosen 200 Pfund weißes Brotmehl und 36 Kannen[73] Branntwein liefern.

Im Jahr 1809 kommt in die abgelegene Siedlung die traurige Nachricht, dass von dem reußischen Kontingent, welches für den französischen Kaiser in Tirol kämpfen musste, jeder zweite Mann gefallen war.

Und als im folgenden Jahr 1810 das Gerücht umgeht, Napoleon wolle Bayern für seine treuen Dienste mit dem preußischen Bayreuth belohnen, steht auch das reußische Mödlareuth auf der Kippe, an Bayern verschenkt zu werden.

1811 bringt der Martin eines Tages von einem Ritt zum Relais[74] die Nachricht mit, dass es in Saalburg einen Mord gegeben habe, und später, dass der Mörder zum Tode verurteilt und hingerichtet wurde, übrigens vom Ebersdorfer Scharfrichter.

Im März 1813 kam die Kunde von einem Brand in der Brüdergemeine auch bis in den „Rödelshammer". Schlimmer aber waren die Nachrichten, die Martin über den Verlauf des Krieges mit nach Hause brachte.

---

[73] Eine Ebersdorfer Kanne = 0,8937 l
[74] Auswechselstelle der Pferde

So reifte in ihm die Sehnsucht nach einem freien Leben zu dem Entschluß, sich von allem zu trennen, was ihn als französischen Soldaten auswies. Noch ehe die ersten Brunftschreie der Hirsche aus den Wäldern sich am Heinrichstein brachen und zum Echo wurden, hatte er seine Montur eines abends hinauf zum „Stahlhäuslein" getragen und dort versteckt. War dieser Teil der Zeche doch seit geraumer Zeit nicht mehr befahren worden. Die Bergleute sagten in ihrer Sprache: Dieser Trum[75] vom Stahlhäuslein ist zum „toten Mann" geworden. Aber immer wieder war er als gutes Versteck für diejenigen genutzt worden, für die es förderlich erschien, eine gewisse Zeit als unauffindbar zu gelten.

Als im gleichen Jahr durchsickerte, dass in der Schleizer Kirche 3500 französische Gefangene interniert wurden, war der Martin „Berger" heilfroh, den Absprung in das zivile Leben geschafft zu haben und wird vielleicht bis zum Ende seiner Tage im „Rödelshammer" fleißig und geachtet gelebt haben.

Unser Martin „Berger" und der Pierre Monneuse, den Saalburger in einem verlassenen Schacht gefunden hatten, werden nicht die einzigen Franzosen gewesen sein, die ihren ganz eigenen Weg gefunden haben. In Saalburg bekam daher einer der alten Bergwerkseingänge den Namen „Franzosenloch". Jetzt liegt er unter dem Spiegel des Stausees.

Wie wird es im „toten Mann" des „Stahlhäusleins" weiter gegangen sein? Eines ist sicher: rund 130 Jahre betrat kein Mensch diesen Schacht, ansonsten hätte ich das Bajonett nicht finden können. Und dann wird eine Fuchsfähe jahrelang ihre Welpen großgezogen haben; die haben sich auf der weichen Montur wohl gefühlt, haben mit den Epauletten[76], Schnüren und Knöpfen gespielt.

Als Nachfolger wird wohl ein Dachs mit seiner Familie eingezogen sein. Die „Grimbarts" hatten an einem französischen Seitengewehr aber auch nicht das geringste Interesse.

---

[75] Gang
[76] Schulterstücke

Karte mit alten Flur-, Orts- und Gebäudebezeichnungen[77]

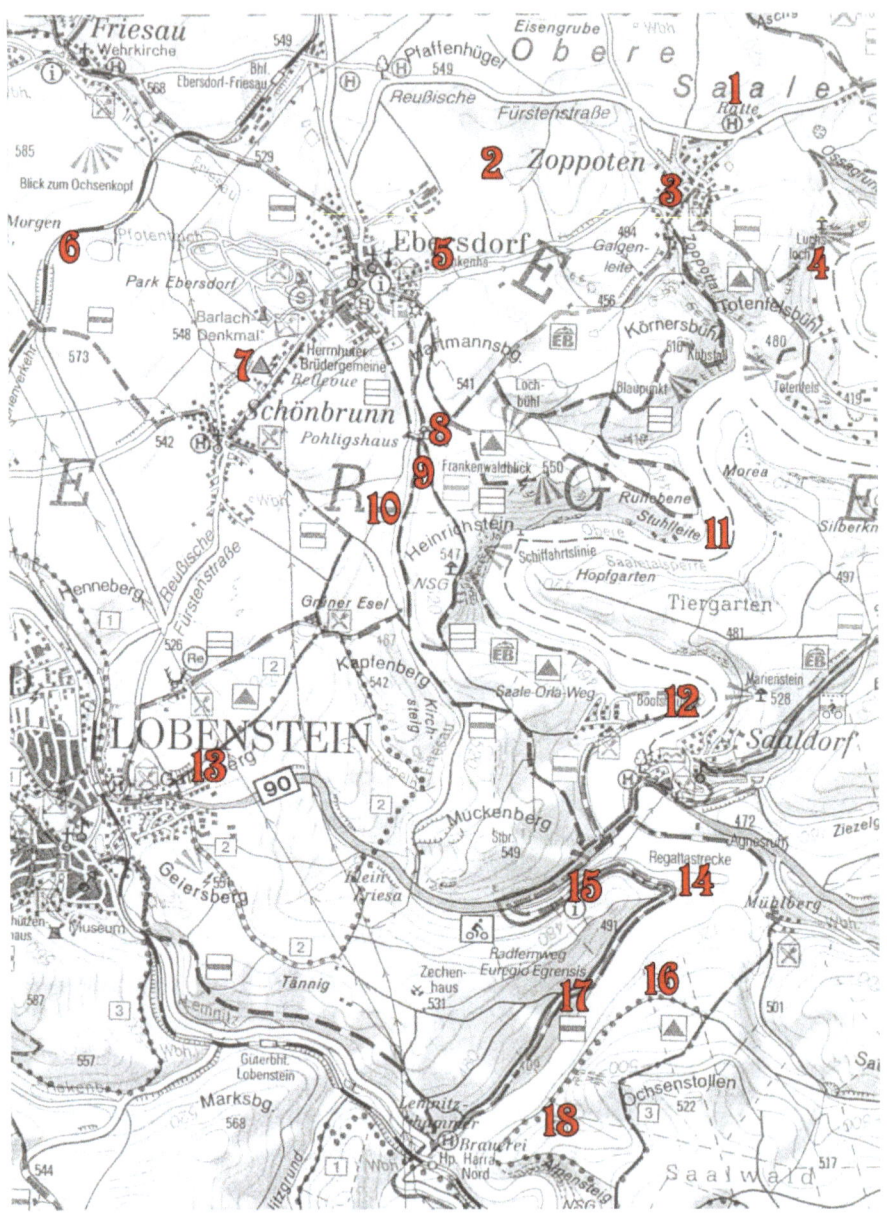

[77] Unter Verwendung einer Fritsch-Wanderkarte

1   Die Ratte

2   Die alte Ruh, Goldbach

3   St. Martin

4   Luchslöcher

5   Windmühlenberg, Alter Friedhof

6   Die Koppes, die fünf Brüder, Köhlerswiese, Friesauer Pfarrholz

7   Altenebersdorf, Huhle

8   Pohlig, Nasses Birkicht

9   Kalkofen, Hartebruch

10 Schwarzer Teich, Goliathsgrab

11 Alte Ruhmühle, Silberknie, Christiansglück

12 Neuhammer

13 Galgenberg, Galgenleite, Drei Linden

14 Spaniershammer

15 Gottliebsthal, Hansenlöcher

16 Saalhof

17 Motschenmühle

18 Magwitzhaus

Sachwort-, Flur- und Namensverzeichnis